中國詞史略

胡雲翼著

上海大陸書局印行

近代名家首版著作導讀叢書

中國詞史略

導讀

胡雲翼 著

上海科学技术文献出版社
Shanghai Scientific and Technological Literature Press

图书在版编目(CIP)数据

《中国词史略》导读／胡云翼著．—上海：上海
科学技术文献出版社，2020
（近代名家首版著作导读丛书）
ISBN 978－7－5439－8055－6

Ⅰ．①中…　Ⅱ．①胡…　Ⅲ．①词（文学）—词曲史—中
国　Ⅳ．①I207.23

中国版本图书馆 CIP 数据核字(2020)第 016507 号

组稿编辑：张　树
责任编辑：苏密娅

《中国词史略》导读

胡云翼　著

*

上海科学技术文献出版社出版发行
（上海市长乐路 746 号　邮政编码 200040）
全国新华书店经销
四川省南方印务有限公司印刷

*

开本 880×1230　1/32　印张 7.75　字数 155 000
2020 年 5 月第 1 版　　2020 年 5 月第 1 次印刷
ISBN 978－7－5439－8055－6
定价：108.00 元
http://www.sstlp.com

导　读

胡云翼（1906—1965），湖南桂东人。早期写小说、散文和评论，对唐宋诗词有一定研究。代表作《新著中国文学史》《中国文学概论》《宋词研究》《唐诗研究》，此外还有小说、剧本集《西泠桥畔》等。

《中国词史略》是中国词学研究的代表性著作之一。本书以新文学观点对中国古代词学的历史面貌作了较为细致描述，阐明了词的起源、发展、演变、兴衰的过程，剖析了词派兴替的原因。全书六章，首先追溯了词的起源；关于晚唐五代词分别介绍了晚唐词、西蜀词和南唐词；关于北宋词则分为四个发展阶段来评述；关于南宋词则分为南渡词坛、南宋的白话词、南宋的乐府词、晚宋词坛评述；对金词、元词和明词也分别作了简要介绍；关于清词则分别评述了清初词、浙派词、常州派词和清末词。评介的词人约百人。

胡雲翼著

中國詞史略

上海大陸書局出版

中國詞史略 目次

第一章　詞的起源……一
第二章　晚唐五代詞……十二
一、晚唐詞
二、西蜀詞
三、南唐詞
四、五代詞人補誌
第三章　宋詞（上）……三一
一、北宋詞的第一期
二、北宋詞的第二期
三、北宋詞的第三期
四、北宋詞的第四期

第四章 宋詞（下）……三九
一、南渡詞壇
二、南宋的白話詞
三、南宋的樂府詞
四、晚宋詞壇
五、宋代詞人補誌
第五章 金元明詞……一九四
一、金詞
二、元詞
三、明詞
第六章 清詞……二一四
一、清初詞
二、浙派詞
三、常州派詞
四、清末詞

中國詞史略

第一章　詞的起源

詞的體製，是到唐代才確立，才完成。有許多古人把詞的起源說得很悠遠，那都是荒謬不可靠的。如汪森的詞綜序上說：

自有詩而長短句即寓焉。南風之操，五子之歌，是已。周頌三十一篇，長短句居十八；漢郊祀歌十九篇，長短句居其五；至短簫鐃歌十八篇，篇皆長短句。謂非詞之源乎？

這種說法的錯誤，是認定長短句即是詞。因此許多古人都從詩裏去找長短句，只要是不整齊的詩便說是詞的濫觴，於是一個一個把詞的起源說得遠，結果便說到『自有詩而長短句即寓焉』去了，這意思便顯然是『詩的起源即詞的起源』。本來，詩詞元是一體，義界難分，說詩詞同源，也未嘗不可。不過我們在這裏講詞的起源，是要追尋一條詞的發生的線索脈絡出來，不是只要講個寡頭的起源說。如果說詞起源于先秦時代，而事實上詞的進展又晚在五代兩宋，中間竟孤絕了一千多年毫無詞的消息，這如何講得通？

徐在鈫他的詞苑叢談上說得較汪森的話近于事實一點，他說：『塡詞原本樂府。菩薩蠻以前，追而溯之，梁武帝江南弄，沈約六憶詩，皆詞之祖，前人言之詳矣』。不錯，許多古人都認定這兩篇詩爲詞之祖，今錄于下：

江南弄

衆花雜色滿上林，舒芳耀綠垂輕陰，連手躞蹀舞春心。舞春心，臨歲腴，中人望，獨踟躕。

六憶詩（其一）

憶眠時，人眠獨未眠。解羅不待勸，就枕更須牽，復恐旁人見，嬌羞在燭前。

像這種形式的長短句，我以爲決不是梁武帝與沈約首創的，在六朝的詩人中至少可選出一大本這樣的作品出來。毛奇齡便曾舉出鮑照的梅花落，陶宏景的寒夜怨，徐勉的迎客送客，王筠的楚妃吟，簡文帝的春情等，說是古詞。其實這種例子是舉不勝舉的，而且越舉便越遠，又不免要說到詩經以前唐虞時代的歌謠去了。那是全無意義的。我們試問：六朝的這種長短句與晚唐五代的詞有什麽聯絡的淵源關係呢？其間如何轉變的呢？這問題不能回答，便不能夠只在形式上拿詩之近于詞者來冒充詞的祖宗了。

還有許多人認定詞起源于李白，因爲他曾經創作過下列兩首詞：

菩薩蠻

平林漠漠烟如織，寒山一帶傷心碧。暝色入高樓，有人樓上愁。　玉階空佇立，宿鳥歸飛急。何處是歸程？長亭更短亭。

憶秦娥

簫聲咽，秦娥夢斷秦樓月。秦樓月，年年柳色，灞陵傷別。樂遊原上清秋節，咸陽古道音塵絕。音塵絕，西風殘照，漢家陵闕。

南宋詞人黃昇編花菴詞選，首先錄此二詞，謂爲『百代詞曲之祖。』鄭樵在其通志中亦有此說。然據我們考證，則此二詞決非李白之作，證據甚多：第一，蘇鶚杜陽雜編說：『太中初，女蠻國貢雙龍犀，明霞錦。其國人危髻金冠，瓔珞被體，故謂之菩薩蠻。當時倡優遂製菩薩蠻曲，文士亦往往效其詞』。南郭新書亦有同樣的記載。是則李白之世，尙無此題，何得預填其篇呢？第二，後蜀趙崇祚編花間集，遍錄晚唐諸家詞，而不及李白。第三，郭茂倩的樂府詩集遍錄李白的樂府歌辭，並收中唐的調笑，憶江南諸詞，而獨不收菩薩蠻及憶秦娥詞。由這些很强的證據，卽可知黃昇記錄不翔實。

實在說，當盛唐時代，不但李白未曾做過詞，其他的文人詩人都沒有作詞的。他們只有整齊的五七言歌辭，沒有長短句歌辭。如李白的淸平調，完全是七言絕句；王昌齡，高適，王之渙的詩，爲伶人妓女所爭唱，也是五七言絕句；王維的詩也爲梨園所盛唱，而所作歌辭『紅豆生南國』和『秋風明月共相思』二章，一係五言，一係七言。他如杜甫，孟浩然輩，則未嘗著名于樂部教坊，絕少歌辭。直到中唐時代，才漸漸有長短句的歌辭出現。

首先我們要講的，是一位不甚著名的作者張志和。據我們所知，他實是中唐時代最早的長短句歌辭作者之一。字子同，金華人。肅宗時，待詔翰林，坐貶不復仕，扁舟江湖，自稱煙波釣徒，又號玄眞子。所傳僅漁父詞一首：

西塞山前白鷺飛，桃花流水鱖魚肥。青箬笠，綠簑衣，斜風細雨不須歸。

在中唐的詩人中，作長短句歌辭的更多了。如韓愈，王建，韋應物，白居易，劉禹錫諸人，均有製作。韓愈的歌辭傳章台柳一首，乃寄其妾柳氏者：

章台柳，章台柳，昔日青青今在否？縱使長條似舊垂，也應攀折他人手！

王建傳調笑令，其辭云：

團扇，團扇，美人竝來遮面。玉顏顦顇三年，誰復商量管弦，弦管，弦管，春草昭陽路斷。

韋應物的歌辭亦不多見，惟三台令與轉應曲流傳，其轉應曲辭云：

河漢，河漢，曉掛秋城漫漫。愁人起望相思，塞北江南別離。離別，離別，河漢雖同路絕。

白居易的歌辭則流傳較多，形式是長短句的，有憶江南，如夢令，長相思，花非花，一七令等調。但這些作品都不載于白氏長慶集，我們只好存疑。只憶江南可以確定爲白氏之作，其辭如下：

江南好，風景舊曾諳：日出江花紅勝火，春來江水綠如藍。能不憶江南？

白氏此作，傳唱當時。劉禹錫曾依這首辭的曲拍，塡過一首：

春去也，多謝洛城人。弱柳從風疑舉袂，叢蘭裛露似霑巾；獨坐亦含嚬。

據草堂箋所載，劉禹錫尙有斑竹枝，古今詞話載戴叔倫有轉應曲，太平廣記載柳氏有楊柳枝等。如此可見中唐時代的長短句歌辭已經相當的流行了。

這種長短句的歌辭，在當時確是一種新樂府，有了許多名詩人來撰作這種新樂府辭，倡導成一種新的風氣，詞體便確立了，詞的趨勢便造成了。後來便造成晚唐五代詞的發展。

說到這裏，我們不免要問：在盛唐時代，歌辭還都是整齊的五七言，何以到了中唐便忽然產生許多長短句的歌辭出來呢？要答覆這個問題，我以爲決不能拿詩歌的關係來解釋，而必須拿音樂的關係來解釋。如果要說得明白一點，話就不能不從遠一點的地方說起來。

中國最初的詩歌就和音樂結合了密切的關係。先秦時代的詩，今所傳者以三百篇爲最古。我們從左傳『季札論樂』和史記孔子世家『凡詩皆可入樂』之說，便知道先秦時代的『詩』與『樂』，原是不分離的。自屈原作九歌諸篇『侑樂』，又作九章諸篇『舒情』，則只有前者包括『樂』的意義，而後者乃僅僅是『舒情』的詩，不復能『侑樂』了。

迨漢武帝創立樂府，以李延年爲協律都尉，後來遂以樂府所采之詩，可被之聲歌者，別叫做樂府，於是詩與樂的關係便分離了。自此詩歌自走詩歌的路，樂府自走樂府的路了。詩歌因爲文學的意義居多，故在文人方面的製作特別發展；樂府因爲音樂的意味深長，故民間流傳的作品最多。二者是平行地發展的。但到隋唐時代，所謂古樂府者散佚了甚多。據唐書藝文志說：『江左宋梁之間，南朝文物，號稱最盛。人謠國俗，亦世有新聲。後魏孝文宣武，用師淮漢，收其所獲南音，謂之淸商樂。隋平陳，因置淸商署。遭梁陳亡亂，所存蓋鮮。隋室以來，日益淪缺。武太后之時，猶有六十三曲，今其辭存者，（中略）惟四十四曲存焉』。這四十四曲裏面，唐初所存，有聲有詞者凡三十七曲，有聲無詞者亦有七曲。王灼碧鷄漫志云：『隋氏取漢以來樂器，歌章，古調，倂入淸樂，餘波至李唐始絕。唐中葉雖有古樂府，而播在聲律則尠矣』。可見唐人所擬古樂府，但借題抒意。這時古樂府蓋已跟着樂之亡而成爲過去，唐代又有一種新的樂府起來了。唐人的新樂府便是當時的五七言新體詩。這是在前面說過的。但是，我們知道五七言新體詩的字句是很整齊的，音樂的曲拍却不一定如此整齊。所以拿樂調來合詩，音調裏面不免有許多無字的虛聲。這種虛聲，詞曲家叫做『泛聲』，『和聲』或『散聲』。他們以爲將這種泛聲塡以實字，變成長短句，便成功詞。如朱熹說：

> 古樂府只是詩，中間却添許多泛聲。後人怕失了那泛聲，逐一聲添個實字，遂成長短句。今曲子便是。（朱子語類）

朱熹的這種說法，權威很大，向來的詞話家都跟着他這種見解跑。可是，他這種說法並不十分正確。因爲『泛聲』不但歌詩的音調裏有，就是歌詞的音調裏面也是有的。我們只要看晚唐五代的詞，往往一個腔調有很多字句不同的詞。單是河傳一調，便有十七八體之多。花間集所錄，均爲晚唐五代的詞，裏面却很多調同體異；既然同是一個樂調，可以有很多的字句不相同的詞，則這個樂調的伸縮性一定很强；既然樂調的伸縮性很强，則詞調裏面一定會有『泛聲』，『和聲』或『散聲』來調節字句的。既然詞調裏面也有泛聲，則朱熹的所謂泛聲塡以實字便成詞的說法，不攻自破了。

往下且提出我們修正的答案：

在中唐以前，文人自文人，樂工自樂工。文人自作他的詩，樂工自作他的歌辭。文人的詩是給人誦讀的，所以他們寫成整齊的五七言詩；樂工的歌辭是要合音樂唱的，所以他們依曲拍塡成長短句的歌辭。但是樂工不是文人，他們的歌辭往往做得俚俗不雅，所以常常拿着文人現成的詩，去合着樂來唱，以抬高樂的價值；文人方面也樂得把自己的詩給樂人去唱，以廣佈自己的文名。二者相互爲利，相互爲用，關係便發生出來了。我們看盛唐的詩人，多以自己的詩給伶人妓女歌唱爲榮。到了中唐，則樂工們竟以賄賂來求詩人的新作了。那些著名的詩人，如李賀，李益，韋應物，劉禹錫，白居易，元稹的詩，都給伶人妓女們去唱了。文人與樂工關係乃更密切。於是文人一方面自己寫詩給他們去唱，一方面也會高興地去依着樂調的曲拍來試塡長短句的歌辭。白居易偶然戲塡了一首憶江南，劉禹錫便跟着塡起來了；韋應物偶然塡了一首轉應曲，戴叔倫便跟着塡起來了。三四個文人嘗試了，十幾個文人便跟着來嘗試了，便成爲新時髦了，後世無數的文人便都趨向到這一條路來了。我們看看後來詞的發達，以爲詞的起來必經過有意識的提倡，那知大謬不然。考究起來，才知道原不過是一兩個文人偶然發了興，依着曲拍戲填了幾首長短句的歌辭，恰好那時許多文人都作整齊的詩作厭了，看着這樣新鮮的玩意兒，都覺得可愛，便爭着去做，於是長短句的歌辭便自然而然的風行起來了，因以造成幾百年的詞的發達。

詞的起來是如此的。

第二章　晚唐五代詞

陸游花間集跋上說：

詩至晚唐五季，氣格卑陋，千人一律。而長短句獨精巧高麗，後世莫及。

何以詩至晚唐五代便『氣格卑陋』？何以詞至晚唐五代便『精巧高麗』？這原因是很明顯的：詩歌發展至唐末，已經有一千多年的歷史，古詩與近體詩的發展，都已登峯造極，無以復加了。這恰如王國維氏所說：『蓋文體通行既久，染指遂多，自成習套。雖豪傑之士，亦難于其中自出新意，故遁而作他體，以自解脫。一切文體所以始盛而終衰者，皆由於此。』（人間詞話）詩體就是因爲通行太久，用舊了，變盡了，所以只有產生『千篇一律』的作品。詞在此時，還是新體，比如一所荒蕪尙未開闢的園地，用得着詞人的智慧機巧，去盡量的開闢創造，所以寫出來容易『精巧高麗』。晚唐五代詞之所以高貴，也正因爲這是『創造的時期』。

往下我們把晚唐五代詞分別來敘述。

一　晚唐詞

在前面說過，中唐時代已有許多詩人戲塡小詞。但是他們塡詞，還只是作爲偶爾的遊戲，並不專心致志于詞。到了晚唐，塡詞的風氣日益濃厚，乃產生了詞的專家。溫庭筠是詞史上第一個詞人，他的時代遲白居易劉禹錫不到四十年。其在詞壇裏面所創造的成績是很可驚異的。

庭筠字飛卿，太原人。大中初，應進士，不第。後爲方城尉。生平頗不得意。爲人放浪不羈，喜縱酒狎妓。舊唐書稱其『士行塵雜，不修邊幅，能逐管絃之音，爲側艷之詞』。他的詩與詞均負時望。與李義山，段成式齊名，時人號爲『三十六體』。實則他的詩遠不如李義山，詞則獨勝。著有握蘭，金荃等集，皆不傳。今其詞散見于花間等集。

庭筠的詞，善于抒寫綺艷之情，例如：

南歌子

手裏金鸚鵡，胸前繡鳳凰。偸眼暗形相：不如從嫁與，作鴛鴦。

又

轉盼如波眼，娉婷似柳腰。花裏暗相招。憶君腸欲斷，恨春宵！

又

似帶如絲柳，團酥握雪花，簾卷玉鈎斜。九衢塵欲暮，逐香車。

劉融齋稱　筠的詞『精艷絕人』，這批評自是不錯的。但我們須知他的詞也不盡是屬於側艷一方面，他寫哀感之情也很能動人，例如：

憶江南

梳洗罷，獨倚望江樓。過盡千帆皆不是，斜暉脈脈水悠悠，腸斷白蘋洲！

酒泉子

花映柳條，閑向綠萍池上，凭欄干，窺細浪。雨蕭蕭。 近來音信兩疎索，洞房空寂寞。掩銀屏，垂翠箔，度春宵。

溫庭筠是詞壇的開山大師，他最努力于詞的創造。同時的詩人如李義山，杜牧等，都不會注意這個新體，只有溫庭筠獨具慧心，向這方面盡其心力，結果乃造成了比李義山杜牧的詩還要偉大的貢獻。黃昇稱庭筠：『詞極流麗，宜爲花間集之冠』。不錯，在晚唐五代，溫庭筠眞不能不說是先進的領袖詞人呢。

溫氏以外，晚唐從事於詞的作者並不多，值得舉例的有司空圖，皇甫松，韓偓，張曙諸人。

司空圖字表聖，泗洲人。咸通中進士，官禮部員外郎，遷郎中。晚居中條山。自號耐辱居士。其詞如酒泉子：

買得杏花，十載歸來方始坼。假山西畔藥欄東，滿枝紅。 旋開旋落旋成空，白髮多情人更惜，黃昏把酒祝東風，且從容。

皇甫松字子奇，皇甫湜之子。花間集傳其詞十一首，有天仙子，浪淘沙，楊柳枝，摘得新，夢江南，採蓮子等調。今舉其夢江南（即憶江南）一首爲例：

蘭燼落，屏上暗紅蕉。閑夢江南梅熟日，夜船吹笛雨瀟瀟。人語驛邊橋。

韓偓字致堯，萬年人。龍紀元年進士，累官至兵部侍郎。自號玉山樵人。著香奩集甚有名。詞如生查子：

侍女動妝奩，故故驚人睡。那知本未眠，背面偸垂淚。　嬾卸鳳凰釵，羞入鴛鴦被。時復見殘燈，和淚墜烟穗。

張曙小字阿灰，張禕之姪，成都人。龍紀元年進士。詞如浣溪紗：

枕障薰爐隔繡帷，二年終日兩相思，杏花明月始應知。　天上人間何處去？舊歡新夢覺來時，黃昏微雨畫簾垂。

這幾位作者傳詞雖不多，卻都是寫得很好的。到了五代，詞的風氣益開展了。

二　西蜀詞

五代在政治上是黑暗的時代，在文學上卻是光明的時代。我們所說五代的文學，當然是以詞爲主幹，詞以外是不值得稱述的。五代詞的發展，可分爲兩個時期，前期是西蜀詞的時期，後期是南唐詞的時期。這一方面是由於這兩個地方在五代是比較安靜的地方；一方面也因爲這兩國的君主，都喜歡詞，都獎勵詞人，因此詞乃得到充分的發展。

現在先講西蜀詞。

西蜀的第一個詞人，無疑的是韋莊。他的詞不僅在五代堪稱大家，即在全部詞史上也是極矜貴的一個。

莊字端己，杜陵人。唐乾甯元年進士，授校書郎。入蜀，王建辟掌書記。後建稱帝，用爲散騎常侍判中書門下事，累官至宰相。他的爲人是深於情而風流自許的，故所作亦多吟詠愛的悲歡。其詞如：

菩薩蠻

勸君今夜須沈醉，尊前莫話明朝事。珍重主人心，酒深情亦深。　須愁春漏短，莫訴金杯滿。遇酒且呵呵，人生能幾何？

思帝鄉

春日遊，杏花吹滿頭。陌上誰家年少足風流？妾擬將身嫁與，一生休。縱被無情棄，不能羞。

女冠子

四月十七，正是去年今日，別君時：忍淚佯低面，含羞半斂眉。　不知魂已斷，空有夢相隨。除却天邊月，沒人知。

又

昨夜夜半，枕上分明夢見，語多時。依舊桃花面，頻低柳葉眉。　半羞還半喜，欲去又依依。覺來知是夢，不勝悲！

相傳韋莊有寵姬，姿質艷麗，能詞翰，爲王建所奪。這兩首女冠子是他追念之作，讀來令人生淒怨之感。他還有荷葉杯，小重山等詞，也是寫這件悲劇，都很動人。

後人論韋莊，往往以溫韋並稱。實則頗不相同。韋莊的詞沒有溫詞那麼濃艷，描寫較爲質樸直致，而表現較爲深刻。有人說溫詞如濃妝的女人，韋詞如淡妝的女人，這比喻是不錯的。

與韋莊約略同時的西蜀詞人，有牛嶠，牛希濟，顧敻，李珣，毛熙震，鹿虔扆諸家。

牛嶠字松卿，一字延峯，隴西人。唐乾符五年進士。歷官拾遺，補尚書郎。王建稱帝，官至給事中。其詩很有名。詞僅見花間集，凡三十一首，例如江城子：

鵁鶄飛起郡城東，碧江空，半灘風，越王宮殿，蘋葉藕花中。簾捲水樓魚浪起，千片雪，雨濛濛。

牛希濟乃嶠兄之子，事蜀爲御史中丞。降於後唐，明宗拜爲雍州節度副使。素以詩詞擅名。花間集傳其詞十一首，例如生查子：

春山煙欲收，天澹稀星小。殘月臉邊明，別淚臨淸曉。　語已多，情未了，迴首猶重道：記得綠羅裙，處處憐芳草。

顧敻字里不詳，前蜀時爲刺史，後蜀官至大尉。花間集傳其詞五十五首。他的詞也喜歡寫閨情，有些寫得很好的，例如訴衷情：

永夜拋人何處去？絕來音。香閣掩，眉斂，月將沈。爭忍不相尋？怨孤衾。換我心爲你心，始知相憶深。

李珣字德潤，梓州人。蜀之秀才。頗具詩名。其詞花間集傳三十七首，尊前集傳十八首。作風蕭疎有處士風致，不似五代人作品。例如漁父：

避世垂綸不計年，官高爭得似君閑？傾白酒，對青山，笑指柴門待月還。

毛熙震字里亦不詳，蜀人。事後蜀爲秘書監。其詞花間集傳二十九首，周密稱他詞多『新警』，例如清平樂：

春光欲暮，寂寞閑庭戶。粉蝶雙雙穿檻舞，簾捲晚天疎雨。 含愁獨倚閨幃，玉爐煙斷香微。正是銷魂時節，東風滿院花飛。

鹿虔扆字里亦不詳，仕後蜀爲永泰軍節度使，進檢校太尉，加太保。其所傳詞僅六首，倪瓚稱他：『偶爾寄情倚聲，而曲折盡變，有無限感慨淋漓處。』如臨江仙：

金鎖重門荒苑靜，綺窗愁對秋空。翠華一去寂無蹤。玉樓歌吹，聲斷已隨風。烟月不知人事改，夜闌還照深宮。藕花相向野塘中，暗傷亡國，淸露泣香紅。

五代詞人，大都競寫艷詞。像鹿虔扆這樣沈痛有力的作品，眞是鳳毛麟角呢。

西蜀最後一個有名的詞人是歐陽炯。

炯，益州華陽人。事後蜀累官翰林學士，進門下侍郎同平章事。歸宋後，授散騎常侍。宋史稱其『性坦率，無檢操，雅善長笛。』他的詞花間集傳十七首，尊前集傳三十一首。所作多寫艷情，例如：

女冠子。

薄妝桃臉，滿面縱橫花靨，豔情多。綬帶盤金縷，輕裙透碧羅。含羞肩乍斂，微語笑相和。不會頻偷眼，意如何？

更漏子

玉闌干，金甃井，月照碧梧桐影。獨自個，立多時，露華濃濕衣。一晌凝情望，待得不成模樣。雖叵耐，又尋思：爭生嗔得伊？

此外西蜀詞人尚有毛文錫，薛昭蘊，魏承班，尹鶚，閻選等，其詞皆見花間，尊前等集。

三　南唐詞

南唐建國江南，其國君李璟，李煜，皆愛好文學，喜延文士。士之避亂失職者，皆以南唐爲歸。故南唐文物，冠絕當時。

南唐最負盛名的詞人，一爲馮延己，一爲李煜。

馮延己一名延嗣，字正中。其先彭城人，唐末南渡，家于新安，徙居廣陵。事南唐累官中書侍郎左僕射同平章事，後改太子大傅。史稱其著樂章百闋，今所傳者爲宋陳世修輯的陽春集。他的詞已經不是花間集派的風味了。

蝶戀花

幾日行雲何處去？忘了歸來，不道春將暮。百草千花寒食路，香車繫在誰家樹？淚眼倚樓頻獨語，雙燕飛來，陌上相逢否？撩亂春愁如柳絮，悠悠夢裏無尋處。

又

莫道閑情拋棄久，每到春來，惆悵還依舊。日日花前常病酒，不辭鏡裏朱顏瘦。河畔靑蕪堤上柳，爲問新愁，何事年年有？獨立小橋風滿袖，平林新月人歸後。

虞美人

玉鈎鸞柱調鸚鵡，宛轉留春語。雲屏冷落畫堂空。薄晚春寒，無奈落花風。

搴簾燕子雙飛去，拂鏡塵鸞舞。不知今夜月眉彎，誰佩同心雙結倚闌干？

采桑子

小堂深靜無人到，滿院春風。惆悵牆東，一樹櫻桃帶雨紅。　愁心似醉兼如病，欲語還慵。日暮疎鐘，雙燕歸來畫閣中。

馮氏之詞，已開北宋晏殊歐陽修一派的新詞風，所以王國維在人間詞話上說：「馮正中詞雖不失五代風格，而堂廡特大，開北宋一代風氣。與中後二主詞皆在花間範圍之外，宜花間集中不登其隻字也。」

南唐二主，實詞中之二王。中主李璟，雖傳詞無多，然如其攤破浣溪沙、則特為高妙：

菡萏香銷翠葉殘，西風愁起綠波間。還與容光共憔悴，不堪看！　細雨夢回雞塞遠，小樓吹徹玉笙寒。簌簌淚珠多少恨，倚闌干。

後主李煜，被稱爲詞中之『南面王』，爲五代詞人中之最具有權威者。初名從嘉，改名煜，字重光，隴西人。李璟之第六子。在位十五年。其爲人，『天骨秀穎，神氣淸粹，酷好文辭，洞曉音律』。(徐鉉語) 蓋天生之藝人，非政治家也。亡國後，宋太祖封爲違命侯，至太宗卽位，進封爲隴西郡公。後以詞多懷念故國，爲太宗所忌，賜牽機藥毒死。(九三六——九七八)死後追封爲吳王。

後主的詞有兩個時期。在他貴爲國君的時候，居于深宮之內，處于婦女之叢，那時，他的生活有的是快活，他的作品有的是曼艷。我們且看他這時期的詞吧：

玉樓春

晚妝初了明肌雪，春殿嬪娥魚貫列。鳳簫吹斷水雲閑，重按霓裳歌遍徹。臨春誰更飄香屑，醉拍闌干情味切。歸時休放燭火紅，待踏馬蹄淸夜月。

一斛珠

晚妝初過，沈檀輕注些兒個。向人微露丁香顆，一曲淸歌，暫引櫻桃破。羅袖裛殘殷色可，杯深旋被香醪涴。繡床斜凭嬌無那，爛嚼紅茸，笑向檀郎吐。

後主這類的艷詞，在描寫上我們雖承認其成功，然尙非他最偉大的代表作。後主在詞裏面最偉大的表現，是在他政治上失敗以後，過『以眼淚洗面』的悲苦生活時所寫下來的作品。這時，他已一掃曼艷之迹，變爲哀怨凄涼了。試讀其離國以後的詞：

相見歡

林花謝了春紅，太匆匆！無奈朝來寒雨晚來風！　胭脂淚，相留醉，幾時重？自是人生長恨水長東！

又

無言獨上西樓，月如鈎，寂寞梧桐深院鎖淸秋。　剪不斷，理還亂，是離愁，別是一般滋味在心頭。

虞美人

春花秋月何時了？往事知多少？小樓昨夜又東風，故國不堪回首月明中！　雕欄玉砌應猶在，只是朱顏改。問君能有幾多愁？恰似一江春水向東流！

浪淘沙

簾外雨潺潺，春意闌珊。羅衾不耐五更寒。夢裏不知身是客，一晌貪歡。獨自莫凭欄，無限江山。別時容易見時難。流水落花春去也，天上人間！

樂府紀聞謂後主：『每懷故國，詞調愈工。其賦浪淘沙，虞美人云云，舊臣聞之，有泣下者。』由此即可見其詞之深刻，動人之深至。

後主與溫庭筠，韋莊，為晚唐五代詞中三傑，而後主獨高。周濟論詞雜著上說：『王嬙西施，天下之美婦人也，嚴妝佳，淡妝亦佳；麤服亂頭，不掩國色。飛卿嚴妝也，端己淡妝也，後主則粗頭亂服矣。』王國維人間詞話上說：『溫飛卿之詞句秀也，韋端己之詞骨秀也，李重光之詞神秀也。』這兩個批評都是能夠認識後主詞的偉大的。

與後主同時入宋的南唐詞人，張泌最著名。

泌（一作佖）字子澄，淮南人。初官勾容尉。後主召爲監察御史，進中書舍人。歸宋後，官郎中。其詞花間集傳二十七首，尊前集傳一首。他亦以艷詞擅名，其得意之作爲江城子詞：

碧欄干外小中庭，雨初晴，曉鶯聲，飛絮落花，時節近清明。睡起卷簾無一事，勻面了，沒心情。

又

浣花溪上見卿卿，臉波秋水明，黛眉輕，綠雲高綰，金簇小蜻蜓。好是問他來得麼？和笑道：莫多情。

這種詞，描繪是很靈活尖新的，但嫌風格稍低一點。

四 五代詞人補誌

五代詞人，略如上述。其他有詞流傳者，君主如後唐莊宗李存勗，前蜀主王衍，後蜀主孟昶等，作詞雖不多，然皆精美。今舉存昜的一葉落詞爲例：

一葉落，搴朱箔，此時景物正蕭索。畫樓月影寒，西風吹羅幕，吹羅幕，往事思量著。

至于詞人之不屬于西蜀南唐者，尙有和凝，歐陽彬，孫魴，庾傳素，成彥雄。成幼文，徐昌圖，孫光憲等，就中以和凝與孫光憲較爲知名。

和凝字成績，鄆州須昌人。他歷仕後唐，後晉，後漢三朝，官至宰相。他好爲曲子，人稱爲『曲子相公』。有香奩集，不傳。今其詞散見花間，尊前等集，類皆妖艷之作，例如江城子：

竹裏風生月上門。理秦箏，對雲屏，輕撥朱絃，恐亂馬嘶聲。含恨含嬌獨自語：今夜約，太遲生。

孫光憲字孟文，貴平人。自號葆光子。高從晦據荊南，署爲從事。歷事三世，累官檢校秘書，兼御史大夫。入宋爲黃州刺史。他是一個博學家。其詞花間集錄六十首，尊前集錄二十三首，在五代詞人中要算是作品最豐富的。

思帝鄉

如何？遣情情更多。永日水堂簾下斂雙蛾，六幅羅裙窣地微行曳碧波，看盡滿池疎雨打團荷。

浣溪沙

蓼岸風多橘柚香，江邊一望楚天長，片帆煙際閃孤光。目送征鴻飛杳杳，思隨流水去茫茫，蘭紅波碧憶瀟湘。

在『靡靡之音』的五代，歌詞競趨艷冶，像孫光憲的這種詞要算是風格很高的。此外的五代作者，大都僅以一二詞流傳，或竟只有片詞斷語存留者，這裏不復加以敍述了。

第三章 宋詞（上）

北宋繼續着五代的詞風而益加發展，可以說是詞的黄金時代。當時，上自帝王名相，下至販夫走卒，都知道作詞，提倡詞或欣賞詞，其盛可想。

紀昀在其四庫全書總目提要上謂北宋詞凡三變，其言曰：

詞自晚唐五代以來，以清切婉麗爲宗，至柳永而一變，如詩家之有白居易，至軾而又一變，如詩家之有韓愈。遂開南宋辛棄疾等一派。

我們認爲蘇軾之後，周邦彥李清照等作詞，均以樂府爲主，也是一變。因此，我們把北宋詞分爲下列四期：（一）小詞時期（卽宋初因襲晚唐五代詞風的時期）；（二）晏詞時期（柳永等；）（三）詩人的詞的時期（蘇軾等；）（四）樂府詞的時期（周邦彥等。）往下卽依此加以敍述。

一　北宋詞的第一期

第一時期的北宋詞，完全是承受着晚唐五代的作風而繼續發展。

我們知道晚唐五代詞有兩個明顯的特徵：其一，晚唐五代完全是小詞的時代，我們從溫庭筠的金匳集，讀到馮延己的陽春錄和南唐二主詞；從花間集讀到尊前集，除了僞稱唐莊宗作的一首歌頭外，簡直找不出第二首百字以上的長詞，都是三四十字或五六十字的小詞。其二，晚唐五代的詞風完全是『婉約』『綺艷』的風味，後人謂『詞主婉約』，『詞爲艷科』的一些話，便是以晚唐五代的詞爲根據說出來的。

初期的北宋詞，一方面是繼續用晚唐五代小詞的形式，一方面又保留了晚唐五代『婉約』『綺艷』的作風。

*　*　*　*

晏殊是這時期之先進作家，大詞人歐陽修張先和范仲淹都是他的門下，晏幾道是他的兒子。就詞風而論，這些詞人也多少受着他一點影響。簡直可以說他是這時期詞壇的領袖。

殊字同叔，江西撫州臨川人。七歲能文，景德初，以神童召試，賜進士出身。仁宗時，官拜集賢殿學士，同中書門下平章事，兼樞密使。諡元獻。（九九一——一〇五五）宋史稱他：『平居好賢；當時知名之士，如范仲淹孔道輔皆出其門。……性剛簡，奉養清儉。文章贍麗，應用不窮。尤工詩，閑雅有情思。晚歲，篤學不倦』。著文集二百四十卷。

據我們看來，晏殊的詩接近『西崑派』，殊無可取；遠不如他的詞婉約贍麗。劉攽中山詩話說：『元獻尤喜馮延己歌詞，其所自作，亦不減延己。』可以說，晏殊的詞，全從五代人詞中得來，而受馮延己的影響特大。如果我們把他的詞混入馮延己的詞裏去，直要使我們莫辨其是誰做的。詞例：

清平樂

金風細細，葉葉梧桐墜。綠酒初嘗人易醉，一枕小窗濃睡。　紫薇朱槿初殘，斜陽却照闌干。雙燕欲歸時節，銀屏昨夜微寒。

踏沙行

碧海無波，瑤台有路，思量便合雙飛去。當時輕別意中人，山長水遠知何處！綺席凝塵，香閨掩霧，紅箋小字憑誰附？高樓月盡欲黃昏，梧桐葉上蕭蕭雨。

又

小徑紅稀，芳郊綠遍，高台樹色陰陰見。春風不解禁楊花，濛濛亂撲行人面。翠葉藏鶯，珠簾隔燕，爐香靜逐遊絲轉。一場愁夢酒醒時，斜陽却照深深院。

破陣子

燕子來時新社，梨花落後清明。池上碧苔三四點，葉底黃鸝一兩聲，日長飛絮輕。　巧笑東鄰女伴，采桑徑裏逢迎。怪疑昨宵春夢好，元是今朝鬥草贏，笑從雙臉生。

蝶戀花

檻菊愁煙，蘭泣露，羅幕輕寒，燕子雙飛去。明月不諳離別苦，斜光到曉穿朱戶。 昨夜西風凋碧樹，獨上高樓，望盡天涯路。欲寄彩鸞無尺素，山長水闊知何處？

讀過馮延己的陽春集，再來讀晏殊的珠玉詞，一定會駭然，以爲這就是馮延己的詞。其實這是不足怪的。不僅晏殊模擬馮延己的詞，就是歐陽修，張先，范仲淹，晏幾道，那一個詞人不深刻地受了馮延己詞的影響？我們知道五代有兩個超絕的詞人，一個是南唐後主李煜，一個便是馮延己。李煜的詞，已是聖品，人所難學。馮延己的詞，婉約風流，饒有情致，可以模擬。故初宋那些詞人都去模擬他，故王國維人間詞話說他：『堂廡特大，開北宋一代風氣』。說馮延己開北宋一代風氣，似乎說得過火一點。但北宋第一時期之詞壇，却完全是被馮延己的詞風支配着了的。

* * * *

歐陽修字永叔，廬陵人，自號醉翁。官至樞密副使參知政事，以太子少師致仕，晚號六一居士，謚文忠。(一〇〇七——一〇七二)他是宋代有名的政治家兼文學家，生平事蹟，詳具宋史本傳，這裏不贅。

歐陽修文學的造詣是多方面的：他的古人是八大家之一，負有極高的文譽，那是不用說了的；他也能詩，在宋代要算是有名的詩人；他的賦也寫得很好；只有詞，在許多古人看來，那只算是歐陽修的末技了。但在我們看來，則完全相反，歐陽修只有詞才能夠表現他文學上最高的造詣。我們與其說歐陽修是古文家，是詩人；則不如說他是詞人，更足以表現作者文學的價值。

為什麼許多古人都不能認識歐陽修詞的偉大呢？這是有大原因的。宋代的人，總以為豔詞是離經叛道，名家有此，實足為盛德之累，所以他們常常去替名家的豔詞掩諱。如晏殊是很愛寫豔詞的，他所作浣溪紗的「淡淡梳妝薄薄衣，天仙模樣好容儀」；訴衷情的「東城南陌花下，逢着意中人」，又「心心念念，說盡無憑，只是相思」；踏莎行的『當時輕別意中人，山長水闊知何處，』這明明是寫兒女之情，他的兒子晏幾道反說『先君平日小詞雖多，未嘗作婦人語也。』歐陽修也是最愛寫艷詞的一個，偏偏又有些閑人來替他辯護。曾慥樂府雅詞序說：『歐公一代儒宗，風流自命。詞章窈窕，世所矜式。乃小人或作艷語，謬爲公詞。』陳質齋道：『歐陽公詞，多與花間陽春相混，亦有鄙褻之語廁其中，當是仇人無名子所爲也。』蔡絛說『今詞之淺近者，前輩多謂是劉煇僞作』。(西清詩話)

其實，自晚唐五代詞興以來，至于北宋初期，詞壇只有婉約綺艷的風氣；要作詞，也只有用心去寫婉約綺艷的小詞，別無他路可走。歐陽修原是『風流自賞』的人，在這個艷詞風氣籠罩之下，自然也要去作艷詞。那是不足奇的。我們覺得歐陽修的艷詞，很可以表現他詞的一部分的價值，偏偏那般人却說這不是他作的，那眞是寃枉了我們的詞人了！

現在，請看作者的詞：

南歌子

鳳髻金泥帶，龍紋玉掌梳；走來窗下笑相扶，愛道『畫眉深淺入時無』？弄筆偎人久，描花試手初，等閑妨了繡工夫，笑問『鴛鴦二字怎生書』？

浪淘沙

今日北池遊，漾漾輕舟，波光瀲灩柳條柔。如此春來春又去，白了人頭。好妓好歌喉，不醉難休。勸君滿滿酌金甌。縱使花前常病酒，也是風流。

玉樓春

湖邊柳外樓高處，望斷雲山多少路。闌干倚遍使人愁，又是天涯初日暮。輕無管繫狂無數，水畔花飛風裏絮。算伊渾似薄情郎，去便不來來便去。

歐陽修也是承受五代的詞風，受陽春花間諸集的影響很大的。所以他的詞往往和陽春集花間集相混。我們且再舉他的幾首抒情小詞作例：

長相思

花似伊，柳似伊，花柳青青人別離，低頭雙淚垂！長江東，長江西，兩岸鴛鴦兩處飛，相逢知幾時？

歸國謠

何處笛？深夜夢囘情脈脈，竹風簷雨寒窗隔。離人幾歲無消息。今頭白，不眠特地重相憶！

踏莎行

候館梅殘，溪橋柳細，草熏風暖搖征轡。離愁漸遠漸無窮，迢迢不斷如春水。寸寸柔腸，盈盈粉淚。樓高休近危欄倚。平蕪盡處是春山，行人更在春山外。

玉樓春

樽前擬把歸期說，未語春容先慘咽。人生自是有情痴，此恨不關風與月。離歌且莫翻新闋，一曲能教腸寸結。直須看盡洛城花，始與東風容易別。

蝶戀花

庭院深深深幾許？楊柳堆烟，簾幕無重數。玉勒雕鞍遊冶處，樓高不見章台路。雨橫風狂三月暮，門掩黃昏，無計留春住。淚眼問花花不語，亂紅飛過秋千去。

【按】蝶戀花一詞，或謂馮延己作，但考李清照漱玉詞自註有云：『余極愛歐公庭院深深句，』因用之作臨江仙詞起句。是此詞實歐陽修之作。

歐陽修的詞，意境沈着，情致纏綿，語句婉轉流利，在北宋第一時期的詞壇，要算是最值得珍貴的一個作家。

* * * *

張先字子野，烏程人。（或作吳興人）少遊京師，得晏殊的賞識，辟爲通判。嘗知吳江縣，官至都官郎中。因有『桃李嫁春風郎中』和『雲破月來花弄影郎中』之名。他又號張三影。

【按】古今詩話載：『有客謂子野曰：「人皆謂公張三中」，卽心中事，眼中淚，意中人也。公曰：「何不目之爲張三影？」客不曉。公曰：「雲破月來花弄影；嬌柔嬾起，簾壓捲花影；柳徑無人，墮飛絮無影；此皆余生平所得意也。」』

張先活了八十多歲，蘇軾在杭州猶及見他。葉夢得石林詩話說：

張先郎中能爲詩及樂府，至老不衰。居錢塘，蘇子瞻作倅時，先年已八十餘，視聽尙精強，家猶蓄聲妓。子瞻嘗贈以詩云：「詩人老去鶯鶯在，公子歸來燕燕忙。」蓋全用張氏故事戲之。先和云：「愁似鰥魚知夜永，嬾同蝴蝶爲春忙」，極爲子瞻所賞。然俚俗多喜傳詠先樂府，遂掩其詩聲。……

張先本是一位詩人，他的生平也是過的詩的生活，惟詩名爲詞名所掩，後人遂只知他是一位詞人。（九九〇——一〇七八）。

張先是跨北宋第一時期和第二時期的作者，他的小詞接近晏殊歐陽修一派；他的長詞接近柳永一派。關于作者的長詞，且讓下一章去敍述，我們這裏來看看他的小詞吧：

南鄉子

何處可魂消，京口終朝兩信潮。不管離人千疊恨，滔滔，催促行人動去橈。記得舊江皐，綠楊輕絮幾條條。春水一篙殘陽闊，遙遙，有個多情立畫橋。

相思令

蘋滿溪，柳遶堤，相送行人溪水西，回時隴月低。　煙霏霏，風淒淒，重倚朱門聽馬嘶，寒鷗相對飛。

菩薩蠻

夜深不至春蟾見，令人更更情飛亂。翠幕動風亭，時疑響屟聲。　花香聞水榭，幾誤飄衣麝。不忍下朱扉，遶廊重待伊。

生查子（彈箏）

含羞整翠鬟，得意頻相顧。雁柱十三絃，一一春鶯語。　嬌雲容易飛，夢斷知何處？深院鎖黃昏，陣陣芭蕉雨。

靑門引

乍暖還輕冷，風雨晚來方定。庭軒寂寞近淸明。殘花中酒，又是去年病。樓頭畫角風吹醒，入夜重門靜。那堪更被明月，隔牆送過秋千影！

李端叔說：『子野詞才不足而情有餘。』這似乎是比較適當的批評。

* * * *

晏幾道字叔原，號小山。晏殊的第七子。曾監潁昌許田鎮。以他的年代論，本不是這時期的人物了；但他的作風，還是隸屬于這時期旗幟之下的。江西通志稱他：『能文章，善持論，尤工樂府。其小山詞淸壯頓挫，見者擊節，以爲有臨淄公風。』不錯，晏幾道的詞是受了乃父的影響的。

燕歸梁

蓮葉雨，蓼花風，秋恨幾枝紅。遠烟收盡水溶溶，飛鴈碧雲中。衷腸事，魚牋字，情緒年年相似。凭高雙袖晚寒濃，人在月橋東。

采桑子

西樓月下當時見，淚粉偸勻，歌罷還顰，恨隔爐煙看未眞。　別來樓外垂楊縷，幾換青春。倦客紅塵，長記樓中粉淚人。

臨江仙

夢後樓台高鎖，酒醒簾幕低垂。去年春恨却來時：酒醒人獨立，微雨燕雙飛。記得小蘋初見，兩重心字羅衣。琵琶絃上說相思。當時明月在，曾照綵雲歸！

點絳唇

妝席相逢，旋勻紅淚歌金縷。意中曾許，欲共吹花去。　長愛荷香，柳色殷橋路，留人住。淡烟微雨，好個雙棲處！

清平樂

留人不住，醉解蘭舟去。一棹碧濤春水路，過盡曉鶯啼處。　渡頭楊柳青青，枝枝葉葉離情。此後錦書休寄，畫樓雲雨無憑。

菩薩蠻

個人輕似低飛燕，春來綺陌時相見。堪恨雨橫波，惱人情緒多。　長留青鬢住，莫放紅顏去。占取艷陽天，且教伊少年。

晏幾道與晏殊雖然是父子關係，但他們的個性與生活，很不相同。晏殊的個性很剛簡，晏幾道的個性很浪漫；晏殊是過的政治家的生活，晏幾道是享受文學家的生活。黃庭堅序小山詞說：『叔原固人英也，其癡亦自絕人。……仕宦之運蹇，而不一傍貴人之門，是一癡也。論文自有體，不肯一作新進士語，此又一癡也。費資千百萬，家人寒飢，而面有孺子之色，此又一癡也。人百負之而不恨，已信人終不疑其欺己，此又一癡也。』因爲晏幾道是一個沒有失却赤子之心的癡人，他的詞也帶着幾分癡氣，這是和晏殊詞風不同的地方。例如：

蝶戀花

醉別西樓醒不記，春夢秋雲，聚散眞容易。斜月半窗還少睡，畫屏閒展吳山翠。衣上酒痕詩裏字，點點行行，總是淒涼意。紅燭自憐無好計，夜寒空替人垂淚！

鷓鴣天

小令尊前見玉簫，銀燈一曲太妖嬈。歌中醉倒誰能恨，唱罷歸來酒未消。春悄悄，夜迢迢，碧雲天共楚宮腰。夢魂慣得無拘檢，又踏楊花過謝橋。

又

彩袖殷勤捧玉鍾，當年拚却醉顏紅。舞低楊柳樓心月，歌罷桃花扇底風。從別後，憶相逢，幾回魂夢與君同。今宵賸把銀釭照，猶恐相逢是夢中。

我們讀了小山詞的『夢魂慣得無拘檢，又踏楊花過謝橋，』『舞低楊柳樓心月，歌罷桃花扇底風，』當可想見作者不羈的風度。

周濟論詞雜著說：『晏氏父子，仍步溫韋，小晏精力尤勝。』這是不錯的，我們也覺得晏幾道的詞做得比他父親好。

* * * *

上面敍述的都是詞人的詞。在這個時期的詞壇裏面，也有不是專門作詞的人，間爲小詞，往往清新可喜。如寇準（字平仲，下邽人）的江南春：

波渺渺，柳依依，孤村芳草遠，斜日杏花飛。江南春盡離腸斷，蘋滿汀洲人未歸。

錢惟演（字希聖，吳越王錢俶之子）的玉樓春：

城上風光鶯語亂，城下烟波春拍岸。綠楊芳草幾時休，淚眼愁腸先已斷。情懷漸變成衰晚，鸞鏡朱顏驚暗換。昔年多病厭芳樽，今日芳樽惟恐淺。

黃昇花菴詞選謂此暮年作詞，極悽惋。又如韓琦（字稚圭，安陽人）的點絳唇：

病起懨懨，庭前花影添憔悴。亂紅飄砌，滴盡眞珠淚。惆悵前春，誰向花前醉？愁無際！武陵凝睇，人遠波空翠。

范仲淹（字希文，吳縣人）的蘇幕遮：

碧雲天，紅葉地，秋色連波，波上寒烟翠。山映斜陽天接水；芳草無情，更在斜陽外。　黯鄉魂，追旅思，夜夜除非，好夢留人睡。明月樓高休獨倚。酒入愁腸，化作相思淚。

這些作者，不是名相，便是名將。他們寫起詞來，也不免帶幾分兒女的情態。可知這時期的詞風，完全是以婉約綺艷爲主。此外如趙抃的折新荷引，陳堯佐的踏莎行，王琪的望江南，葉清臣的賀聖朝，宋祁的浪淘沙，賈昌朝的木蘭花令，司馬光的西江月，都是很好的艷詞。大概這時期的作品，多具有『情致嫵媚，音調諧叶，詞句清婉』的幾種特色。小詞到了這個時期，可以說是登峯造極淋漓盡致的發展了。

二　北宋詞的第二期

北宋第一時期的詞，是繼承五代詞風的時期，是小詞發達的時期；北宋第二時期的詞，是創造新詞風的時期，是長的慢詞起來的時期。

柳永是這時期的主幹詞人，也就是慢詞的創造者。本來在柳永以前，也有長詞的紀錄，但都靠不住。宋翔鳳說：

先于耆卿柳永如韓稚圭范希文作小令，惟歐陽永叔間有長詞，羅長源謂多插入柳詞，則未必歐作。余謂慢詞當始于耆卿矣。（樂府餘論）

吳曾也說：

按詞自南唐以來，但有小令。詞當起于宋仁宗朝。中原息兵，汴京繁庶，歌台舞席，競賭新聲。耆卿失意無俚，流連坊曲。遂盡收俚俗語言，編入詞中，以便伎人傳習。一時動聽，散播四方。其後東坡少游山谷輩相繼有作，慢詞遂盛。（能改齋漫錄）

慢詞是什麽？樂府餘編說：『慢者曼也，謂曼聲而歌者也。』這是說慢詞就是曼艷之詞。

由上面那幾段話，我們知道慢詞（一）是長詞；（二）是新聲；（三）是艷詞；（四）是俚俗語言。柳永就是慢詞的首創者。

在這裏我們最要注意的，是『新聲』二字。李淸照詞論說：『始有柳屯田永者，變舊聲，作新聲，出樂章集，大得聲稱于世。』所謂新聲，當然是指新的聲樂。我們就李淸照的話和前面的話聯串起來，便很顯然的知道：當柳永的時代實有兩種樂，一種是五代傳下來已經不流行了的舊樂，一種是在當代流行的新樂。晏殊歐陽修輩的詞只適應舊聲，所以在當代不很流行。柳永的詞不跟死了的舊聲樂走，自創新律，以叶新聲；而且以俚俗語言作詞，迎合一般社會趨時愛新的心理，故能『一時動聽，散播四方，』故其樂章集『大得聲稱于世。』

柳永初名三變，字耆卿。（或以爲初名永，後改名三變）福建崇安人。（或作樂安）仁宗景祐元年進士。（一〇三四）他的生卒不可考，大約是十一世紀上半期的人。官至屯田員外郎，故世號柳屯田。葉夢得避暑錄話稱他：『爲舉子時，多遊狹邪。

善爲歌詞。教坊樂工，每得新腔，必求永爲詞，始行于世。』可見他少年時詞譽已是很高了。但他一生的落拓，就是作詞之累。吳曾能改齋漫錄載：

> 仁宗留意儒雅，務本向道，深斥浮艷虛華之文。初進士柳三變好爲淫冶謳歌之曲，播傳四方。嘗有鶴冲天詞云：『忍把浮名，換了淺斟低唱。』及臨軒放榜，特落之曰：『且去淺斟低唱，何要浮名？』

後來他改名爲永，方纔中了景祐元年的進士。陳師道後山詩話載：

> 柳三變游東都南北二巷，作新樂府。……仁宗頗好其詞，每對宴，必使侍從歌之再三。三變聞之，作宮詞號醉蓬萊，因內宮達後宮，且求其助，仁宗聞而覺之，自是不復歌其詞矣。

黃昇花菴詞選又載：

> 永爲屯田員外郎，會太史奏老人星見。時秋霽，宴禁中。仁宗命左右詞臣爲樂章，內侍屬柳應制。柳方冀進用，作此詞奏呈。上見首有漸字，色若不懌。讀

至『宸游鳳輦何處』，乃與御製眞宗挽詞暗合，上慘然。又讀至『太液波翻，』曰『何不言波澄』？投之于地，自此不復擢用。

柳永政治上的活動，既然再三失意，便不能不拋棄浮名的幻想，去換『淺斟低唱』了。從此便永遠流連于歌舞場中，消磨他的年華了。他的詞大都是替歌妓們寫的。方輿勝覽稱他：『卒於襄陽。死之日，家無餘財。羣妓合金葬之于南門外，每春月上冢，謂之弔柳七。』但獨醒雜志的記載則與此不同：『柳耆卿……既死葬于棗陽縣花山。遠近之人，每遇清明多載酒肴飲于耆卿墓側，謂之弔柳會。』王士禎詩云：『殘月曉風仙掌路，何人爲弔柳屯田。』則柳永墓應在儀眞之仙人掌。這幾說未是孰是。總之，一代的詞人是這樣潦倒以終了。

攻擊柳永詞的人，總是說柳詞愛寫『閨幃淫媟之語。』在我們看來，柳永愛寫『閨幃之語。』是不錯，但不能卽說是『淫媟』。其詞如：

晝夜樂

洞房記得初相遇，便只合長相聚。何期小會幽歡，變作離情別緒。況值闌珊春色暮，對滿目亂花狂絮。直恐好風光，盡隨伊歸去。　一場寂寞憑誰訴？算前言總輕負。早知恁地難拚，悔不當初留住。其奈風流端正外，更別有繫人心處。一日不思量，也攢眉千度。

八聲甘州

對瀟瀟暮雨灑江天，一番洗清秋。漸霜風淒緊，關河冷落，殘照當樓。是處紅衰翠減，苒苒物華休。惟有長江水，無語東流。　不忍登高臨遠，望故鄉渺邈，歸思難收。歎年來蹤跡，何事苦淹留？想佳人妝樓長望，誤幾回天際識歸舟。爭知我倚闌干處，正恁凝愁！

雨霖鈴

寒蟬淒切，對長亭晚，驟雨初歇。都門帳飲無緒，方留戀處，蘭舟催發。執手相看淚眼，竟無語凝咽。念去去千里烟波，暮靄沈沈楚天闊。　多情自古傷離別，更那堪冷落淸秋節。今宵酒醒何處，楊柳岸曉風殘月。此去經年，應是良辰好景虛設。便縱有千種風情，更與何人說！

婆羅門令

昨宵恁和衣睡，今宵又恁和衣睡。小飲歸來初更過，醺醺醉。中夜後，何事還驚起？霜天冷，風細細，觸疎窗，閃閃燈搖曳。空牀展轉重追想，雲雨夢，任攲枕難繼。寸心萬緒，咫尺千里。好景良天，彼此空有相憐意，未有相憐計。

這些詞不但不能說是『淫媟』，而且很雅。不過這所謂雅，不是指文字雅俗之雅，而是指『意境完美』的雅。如『想佳人妝樓長望，誤幾回天際識歸舟，』是一個多麼有詩意的境界！如『今宵酒醒何處，楊柳岸，曉風殘月，』又是多麼有詩意的境界。柳永特別的技能，是工于描寫，無論什麼俗字俗句，一經柳永運用，便成了活躍的描繪，所以許多人都稱讚他『工於鋪敍。』不懂得柳永的人，不是說『耆卿詞雖極工，然多雜以鄙語』(孫敦立語)便是說『耆卿詞鋪叙展衍，備足無餘，較之花間所集，韻終不勝。』(李端叔語) 這都是皮相之談。周濟在他的論詞雜著說得最好：『其鋪敍委婉，言近意遠，森秀幽深之趣在骨。』項平齋的話亦是不錯的，他說柳詞和杜甫的詩一樣，『皆無表德，只是實說。』因爲是『實說，』所以能夠代表時代。范蜀公嘗說：『仁宗四十二年太平，鎮在翰苑十餘載，不能出一語詠歌，乃于耆卿詞見之。』(方輿勝覽) 眞的，在北宋詞中人，只有柳永詞能夠把那時太平景象逼眞地表現出來。例如：

望海潮

東南形勝，江吳都會，錢塘自古繁華。烟柳畫橋，風簾翠幕，參差十萬人家。雲樹繞隄沙，怒濤卷霜雪，天塹無涯。市列珠璣，戶盈羅綺競豪奢。 重湖叠巘淸佳，有三秋桂子，十里荷花，羌管弄情，菱歌泛夜，嬉嬉釣叟蓮娃。千騎擁高牙。乘醉聽簫鼓，吟賞煙霞。異日圖將好景，歸去鳳池誇。

鶴冲天

黃金榜上，偶失龍頭望。明代暫遺賢，如何向？未遂風雲便，爭不恣狂蕩？何須論得喪？才子詞人，自是白衣卿相。　煙花巷陌，依約丹青屏障。幸有意中人，堪尋訪。且恁偎紅倚翠，風流事，平生暢。青春都一餉，忍把浮名，換了淺斟低唱。

前一首是描寫笙歌繁華，後一首是描寫風流浪漫，都寫得好。傳說此詞流播到金，金主亮看了『有三秋桂子，十里荷花』之句，欣然起投鞭渡江之志。（據錢塘遺事）可見柳詞流傳之廣，動人之深。葉夢得避暑錄話說：『嘗見一西夏歸朝官云：「凡有井水處，即能歌柳詞」。』是則柳永的詞簡直名滿天下了。

因爲柳永的詞是比較俚俗化的文藝，所以能夠流傳於民間，至于名滿天下。但因爲其詞俚俗的緣故，便有許多人說他風格不高。那是不錯，柳詞風格並不能算高。可是，風格不高，實不足爲柳詞病。古今詞人風格之高無如姜夔。然我們讀姜詞總如霧裏看花一樣，沒有能夠十分使我們感興的。詞的第一要義是描寫；如果離開了描寫而陵風格，眞是舍其本而齊其末。陳質齋對于柳永有一個很恰當的批評：

柳詞格不高；而音律諧婉，詞意妥帖，承平氣象，形容盡致，尤工于羈旅行役。

宋翔鳳的批評更好：

柳詞曲折委婉，而中具渾淪之氣。雖多鄙語，而高處足冠横流。……以屯田一生精力在是，不如東坡輩以餘事爲之也。

* * * [*]

當着柳永創製慢詞的時候，張先也跟着有作。其詞如：

卜算子慢

溪山別意，煙樹去程，日落采蘋春晚。欲上征鞍，更掩翠簾回面相眄，惜彎彎淺黛長長眼。奈畫閣歡遊，也學狂花亂絮輕散。 水影橫池館，對靜夜無人，月高雲遠。一餉凝思，兩眼淚痕還滿。難遣！恨私書又逐東風斷！縱夢澤層樓萬尺，望湖城那見？

謝池春慢

繚牆重院，時聞有啼鶯到。繡被掩餘寒，畫幕明新曉。朱檻連空闊，飛絮無多少。徑莎平，池水渺，日長風靜，花影閑相照。　塵香拂馬，逢謝女，城南道。秀麗過施粉，多媚生輕笑。鬥色鮮衣薄，碾玉雙蟬小。歡難偶，春過了。琵琶流怨，都入相思調。

因爲張先工小詞，又能寫長詞，所以有人說他『上結晏歐之局，下開蘇秦之先。』又因爲在這時期只有柳永和張先寫長詞，所以後人總喜歡拿他倆並稱。晁補之說：『子野與耆卿齊名，而時以子野不及耆卿。然子野韻高，是耆卿所乏處。』我以爲張先韻高而才短，決不能和描繪的聖手柳永相比擬。

* * * *

秦觀是繼柳永張先而起的慢詞作家。他字少遊，一字太虛，揚州高郵人。少豪雋慷慨，溢于文詞。登進士第。元祐初，蘇軾以賢良方正薦于朝，除太學博士，秘書省正字，後兼國史院編修官。紹聖初，坐黨籍削秩，貶放于處州，徙郴州，橫州，雷州等處。後放還至藤州，醉死于光化亭。（一〇四九——一一〇〇）。有淮海詞一卷。他本是蘇門四學士之一，在四學士中，蘇軾尤與他相友善，稱為今之詞手。但他的詞却與蘇軾完全不同調，而傾向柳永的作風，長詞尤近柳永一派。

望海潮

梅英疏淡，冰澌溶洩，東風暗換年華。金谷俊遊，銅駝巷陌，新晴細履平沙。長記誤隨車，正絮翻蝶舞，芳思交加。柳下桃蹊，亂分春色到人家。西園夜飲鳴笳，有華燈礙月，飛蓋妨花。蘭苑未空，行人漸老，重來事事堪嗟！煙暝酒旗斜，但倚樓極目，時見棲鴉。無奈歸心，暗隨流水到天涯。

滿庭芳

山抹微雲，天粘衰草，畫角聲斷譙門。暫停征棹，聊共引離尊。多少蓬萊舊事，空回首，煙靄紛紛。斜陽後，寒鴉數點，流水遶孤村。　消魂當此際，香囊暗解，羅帶輕分。漫贏得青樓薄倖名存。此去何時見也？襟袖上空染啼痕。傷情處，高城望斷，燈火已黃昏。

秦觀的詞，擅長寫情，他的艷詞寫得好，愁苦之詞尤其寫得好，試舉幾首爲例：

河傳

亂花飛絮，又望空門合，離人愁苦。那更夜來，一霎薄情風雨，暗掩將春色去。　籬枯壁盡因誰做？若說相思，佛也眉兒聚。莫怪爲伊，抵死縈腸惹肚，爲沒教人恨處。

踏莎行

霧失樓台，月迷津渡，桃源望斷無尋處。可堪孤館閉春寒，杜鵑聲裏斜陽暮。驛寄梅花，魚傳尺素，砌成此恨無重數。郴江幸自繞郴山，爲誰流下瀟湘去？

王國維稱秦觀：『詞境最爲淒婉，至「可堪孤館閉春寒，杜鵑聲裏斜陽暮」，則

幾而淒厲矣』。（人間詞話）馮煦也說：『淮海古之傷心人也』。（宋六十一家詞選序）

他不僅工于長調，其小詞綽約輕盈，亦多佳作，如：

如夢令

鶯嘴啄花紅溜，燕尾點波綠皺。指冷玉笙寒，吹徹小梅春透。依舊，依舊，人與綠楊俱瘦。

浣溪沙

漠漠輕寒上小樓，曉陰無賴似窮秋，淡煙流水畫屏幽。自在飛花輕似夢，無邊絲雨細如愁，寶簾閑掛小銀鉤。

秦觀在元祐間與黃庭堅齊名。若僅論詞，則許多詞話家都認定黃不如秦。晁補之且這樣說：『近來作者皆不及少遊』。蔡伯世亦云：『子瞻辭勝乎情，耆卿情勝乎辭，辭情相稱者，唯少遊而已』。由此即可想見秦觀之詞譽之高。

自經過柳永，張先，秦觀等，喜歡作長篇的慢詞，並且貢獻了許多好作品以後，這條新路便熱鬧起來，此後的詞人大都在長篇的詞裏面發揮他們的才華了。

* * * *

三　北宋詞的第三期

北宋詞的第三期，是詞體的解放時期，是作詞如作詩的時期，名作家蘇軾便完全代表了這時期詞壇的特色。

紀昀四庫提要曾以蘇軾的詞來比韓愈的詩。我們且不必追問詞家之有蘇軾，是否如詩家之有韓愈。我們只要說明詞到了蘇軾眞是大變而特變了。柳永雖然創製了慢詞，但他的描寫，離不開『兒女之情；』他的作風，還是繼承花間集的綽約風調；還沒有打破『詞爲艷科』的觀念。到了蘇軾才把『詞爲艷科』的狹隘範圍完全打破，才擴大詞體的描寫，才拿詞來寫胸襟懷抱，才變婉約的作風爲豪放的作風。胡寅說：

詞曲至東坡，一洗綺羅薌澤之態，擺脫綢繆宛轉之度。使人登高望遠，舉首浩歌，逸懷浩氣，超乎塵垢之外。于是花間爲皂隸。而耆卿爲輿台矣。

因爲蘇軾的詞，過于奔放佚出，不受格律的拘束，所以人都稱蘇詞爲『曲子中縛不住者。』陸游說：

世言東坡不能歌，故所作樂府詞多不協。晁以道謂紹聖初，與東坡別于汴上。東坡酒酣，自歌古陽關。則公非不能歌，但豪放不喜裁剪以就聲律耳。

蘇軾寫詞是拿來表現自己的，不是寫給樂工歌伎們唱的，所以只求寫得好，不問合不合音律。於是一變音樂底詞而爲文學底詞。許多人爲傳統觀念所蔽，以爲詞決不可以離音樂而獨立。因此否認蘇軾這一派的詞是正宗，說是別派，謂其『雖極天下之工，要非本色。』其實，詞失却音樂性的時候，不過沒有音樂上的價值。只要寫得好，我們決不能否認其文學的價值。所以紀昀的批評蘇詞也說『尋源溯流，不能不謂之別格。然謂之不工則不可。』我們覺得只要詞工，便是具備了文學最高意義，什麼『

別派』，什麼『不協音律』，均不足以病詞人。

這是我們在敘述蘇派的詞人以前應有的認識。

蘇軾字子瞻，眉山人。自號東坡居士。（一〇三六——一一〇一）他的事蹟俱見宋史本傳，知道的人很多，這裏不復贅敘。他也是多方面的文學家，文章詩賦都做得很好。他在詞史上的地位尤高。因爲有了蘇軾起來，詞體才擴張很大的領域，才得大大的解放。僅僅這一點，我們已經不能忽視蘇軾對於詞的工作成績；更何況他的作品又具有不可磨滅的價值呢。

我們讀了晚唐五代的詞，讀了北宋初期晏殊歐陽修的詞和第二時期柳永張先的詞，再來讀蘇軾的詞，一定要發現新的欣賞趣味，一定會精神一振。因爲蘇詞引導我們離開了百餘年來都是這樣溫婉綺靡的路，而走向一條雄壯奔放的新路。這條新路是可以使我們鼓舞，可以使我們興奮，而不是叫我們昏醉在紅燈綠酒底下的『靡靡之音』。例如：

念奴嬌（赤壁懷古）

大江東去，浪淘盡千古風流人物。故壘西邊，人道是三國周郎赤壁。亂石崩雲，驚濤裂岸，捲起千堆雪。江山如畫，一時多少豪傑。遙想公瑾當年，小喬初嫁了，雄姿英發；羽扇綸巾，談笑間，强虜灰飛煙滅。故國神遊，多情應笑我，早生華髮。人間如夢，一樽還酹江月。

水調歌頭

明月幾時有？把酒問青天。不知天上宮闕，今夕是何年？我欲乘風歸去，又恐瓊樓玉宇，高處不勝寒。起舞弄淸影，何似在人間？轉朱閣，低綺戶，照無眠。不應有恨，何事偏向別時圓？人有悲歡離合，月有陰晴圓缺，此事古難全。但願人長久，千里共嬋娟。

蘇軾的詞是多方面的，他隨興趣之所至，有時抒情，有時敍事，有時說理，一切的材料都是他詞裏面的描寫材料，他什麼詞都寫得好。有人說他不會寫情詞，說他的詞是『關西大漢，執鉄綽板，唱大江東去，』不是『十七八女孩兒，按紅牙拍』所歌唱的。(據吹劍續錄)這就是譏笑蘇軾不能作兒女情話。其實，蘇軾的情詞寫得很好。王士禎說；『枝上柳綿，恐屯田緣情綺靡，未必能過。孰謂東坡但解作大江東去耶？』

往下且看他的詞：

蝶戀花

花褪殘紅青杏小，燕子飛時，綠水人家繞。枝上柳綿吹又少，天涯何處無芳草。架上鞦韆牆外道；牆外行人，牆裏佳人笑。笑漸不聞聲漸杳，多情却被無情惱！

又

蝶懶鶯慵春過半，花落狂風，小院殘紅滿。午醉未醒紅日晚，黃昏簾幕無人捲。雲鬢鬅鬆眉黛淺，總是愁媒，欲訴誰消遣？未信此情難繫絆，楊花猶有東風管。

卜算子（高黃州定慧院寓居作）

缺月挂疏桐，漏斷人初靜。時見幽人獨往來，縹渺孤鴻影。驚起却回頭，有恨無人省。揀盡寒枝不肯棲，寂寞沙洲冷。

如夢令

爲向東坡傳語，人在玉堂深處。別後有誰來，雪壓小橋無路。歸去，歸去，江上一犂春雨。

浣溪紗

道字嬌訛語未成，未應春閣夢多情，朝來何事綠鬟傾？綵素身輕長趁燕，紅窗睡重不聞鶯，困人天氣近淸明。

賀黃公詞筌說：『如此風調，令十六七女郎歌之，豈在曉風殘月之下？』眞的，我們讀了這些小詞，不知道豪放的蘇軾那裏去了？他的長詞也很有綺麗之作：

洞仙歌

冰肌玉骨，自清涼無汗，水殿風來暗香滿。繡簾開，一點明月窺人；人未寢，欹枕釵橫鬢亂。　起來攜素手，庭戶無聲，時見疏星渡河漢。試問夜如何？夜已三更，金波淡，玉繩低轉。但屈指西風幾時來，又不道流年暗中偸換！

水龍吟（次韻章質夫楊花詞）

似花還似非花，也無人惜從敎墜。拋家傍路，思量却是，無情有思，縈損柔腸。困酣嬌眼，欲開還閉，夢隨風萬里，尋郎去處，又還被鶯呼起。　不恨此花飛盡，恨西園落紅難綴。曉來雨過，遺踪何在？一池萍碎，春色三分：二分塵土，一分流水。細看來，不是楊花，點點是離人淚！

*　*　*　*

如此看來，蘇軾也是寫情的能手，不過他作風的方面很多，不專以此見長耳。

與蘇軾齊名的有黃庭堅。他的詞雖不如蘇軾的偉大。但就豪放恣肆一點說，他是與蘇詞的風格有幾分相同的。

庭堅字魯直，號山谷，洪州分甯人。登進士第，爲葉縣尉，除北京國子監教授。累官秘書丞，國史編修官。後坐事貶涪州別駕，安置黔州。建中靖國初，召知太平州，後除名編管宜州。尋卒。（一〇四五——一一〇五）著山谷詞二卷。

他的詞受了蘇軾很深的影響，喜自由寫作而脫略音律，所以晁補之譏其『著腔子唱好詩』。然其具有氣力之表現，要爲不易企及。如水調歌頭：

瑤草一何碧！春入武陵溪。溪上桃花無數，枝上有黃鸝。我欲穿花尋路，直入白雲深處，浩氣展虹霓。祇恐花深裏，紅霧溼人衣。　坐玉石，倚玉枕，拂金徽。謫仙何處？無人伴我白螺杯。我爲靈芝仙草，不爲朱唇丹臉，長嘯亦何爲？醉舞下山去，明月逐人歸。

在山谷詞裏面，可惜這類的作品並不多。作者最喜歡寫的是男女之私情，有許多是世所艷稱的。如：

沁園春

把我身心，爲伊煩惱，算天便知。恨一回相見，百回做計，未能偎倚，早覓東西。鏡裏拈花，水中捉月，覷着無由得近伊。添憔悴，鎮花銷翠減，玉瘦香肌。奴兒又有行期。你去即無妨，我共誰？向眼前常見，心猶未足；怎生禁得，眞個分離？地角天涯，我隨君去，掘井爲盟無改移！君須是，做些兒相度，莫待臨時。

少年心

對景惹起愁悶，染相思，病成方寸。是阿誰先有意？阿誰薄倖？斗頓恁少喜多嗔！合下休傳音問，你有我，我無你分。似合歡桃核，眞堪人恨：心裏有兩個人人！

如此寫得露骨，風格自然不高。當代的人大都對庭堅這種詞表示不滿，他的好友陳師道便說：『時出俚淺，可稱傖父』。文字的俚淺原不足爲病，但思意過于粗俗，則詞品乃流于下乘了。庭堅的詞便深中此病而被人斥爲『淫詞』。

蘇黃以後，更找不出用作詩方法來大刀闊斧地作詞的豪放詞人，這一派直到南宋辛棄疾等才繼續發揮光大起來。

* * * *

蘇門濟濟多士，能詞者甚多。除秦觀，黃庭堅以外，尚有晁補之，陳師道，張來等。受知于蘇軾的詞家，則有李之儀，程垓，毛滂諸人。其不屬蘇門而同時以詞著稱者，尚有賀鑄，謝逸等。這許多詞人把元祐時期造成爲極盛的詞壇，如詩歌之有建安時期一樣。

晁補之，字无咎，鉅野人。舉進士，元祐初除秘書省正字，通判揚州，召還爲著作郎。紹興末坐黨籍徙湖州等處。後起知泗州卒。（一〇五三——一一一〇）補之爲人才氣飄逸，不重功名，常自悔『儒冠曾把身誤』。詞有琴趣外篇六卷。例如臨江仙（信州作）：

綠暗汀洲三月暮，落花風靜帆收。垂楊低映木蘭舟。半篙春水滑，一段夕陽愁。灞水橋東回首處，美人新上簾鈎。青鸞無計入紅樓。行雲歸楚峽，飛夢到揚州。

補之詞高曠處頗接近蘇軾，其貶玉溪時所作之迷神引，極爲悲壯，堪稱補之的代表作。其詞如下：

黯黯青山紅日暮，浩浩大江東注。餘霞散綺，回向烟波路。使人愁，長安遠，在何處？幾點漁燈，小迷近塢；一片客帆，低傍前浦。　暗想平生，自悔儒冠誤。覺阮途窮，歸心阻，斷魂縈目，一千里傷平楚。怪竹枝歌，聲聲怨，爲誰苦！猿鳥一時啼，驚島嶼燭暗，不成眠，聽津鼓。

陳質齋云：『無咎詞佳者固未遜秦七，黃九』。

陳師道，字履常，一字無已，號後山，彭城人。元祐初爲徐州敎授，遷太博學士，終秘書省正字。（一〇五三——一一〇一）他的詩有名於世，詞有后山長短句二卷。以小詞爲最擅長，例如淸平樂：

藏藏摸摸，好事爭如莫。背後尋思渾是錯，猛與將來放著。　吹花卷絮無蹤，晚妝知爲誰紅？夢斷陽台雲雨，世間不要東風。

師道嘗自矜許：『他文未能及人，獨于詞不減秦七，黃九』，實則其詩文大可以與秦，黃相抗衡，而詞則未免略遜一籌也。

張耒，字文潛，淮陰人。第進士，歷官起居舍人，以直龍圖閣知潤州，坐黨籍謫官，晚監南嶽廟，主管崇福宮。（一〇五二——一一一二）有宛溪集。其傳詞甚少，例如風流子：

亭皐木葉下，重陽近，又是搗衣秋。奈愁入庾腸，老侵潘鬢，謾簪黃花，花也應羞。楚天晚，白蘋烟盡處，紅蓼水邊頭。芳草有情，夕陽無語，雁橫南浦，人倚西樓。　玉容知安否？紅箋共錦字，兩處悠悠。空恨碧雲離合，青鳥沉浮。向風前懊惱：芳心一點，寸眉兩葉，禁甚閑愁？情到不堪言處，分付東流！

張未所傳的幾首詞都寫得好，他的作風顯然接近柳永一派。

李之儀，字端叔，自號姑溪居士，無棣人。徽宗初，提擧河東常平，編管太平，徙唐州，終朝請大夫。有姑溪詞二卷。他在當世無盛名，而所作小詞極可觀。例如：

清平樂

蕭蕭風葉，似與更聲接。欲寄明璫非爲怯，夢斷蘭舟桂楫。學書但寫鴛鴦，却應無那愁腸。安得一雙飛去，春風芳草池塘。

卜算子

我住長江頭，君住長江尾。日日思君不見君，共飲長江水。此水幾時休？此恨何時已？只願君心似我心，定不負相思意。

紀昀稱之儀：『小令尤清婉峭蒨，殆不減秦觀』。

程垓，字正伯，眉山人。爲蘇軾中表。家有擬舫名書舟，故詞集號書舟詞。楊愼盛稱其酷相思，四代好，折紅英數詞，今擧酷相思一首爲例：

月掛霜林寒欲墜，正門外催人起。奈離別如今眞個是，欲住也留無計，欲去也來無計。　馬上離情衣上淚，各自個供憔悴。問江路梅花開也未？春到也須頻寄，人到也須頻寄。

垓詞頗具豪放之致，紀昀云：『蘇，程爲中表，耳濡目染，有自來也』。

毛滂，字澤民，江山人。嘗知武康縣，又知秀州。以詩文樂府受知于蘇軾。著東堂詞。其惜分飛一首最有名：

淚溼闌干花着露，愁到眉峯碧聚。此恨平分取，更無言語空相覷。　斷雨殘雲無意緒，寂寞朝朝暮暮。今夜山深處，斷魂分付潮回去。

陳質齋云：『滂他詞雖工，未有能及此者』。

賀鑄，字方回，衞州人。元祐中通判泗州，又倅太平州，退居吳下，自號慶湖遺老。（一○六三——一一二○）著東山寓聲樂府三卷。他的詞以青玉案一首最有名：

凌波不過橫塘路，但目送芳塵去。錦瑟年華誰與度？月臺花榭，瑣窗朱戶，惟有春知處。　碧雲冉冉蘅臯暮，綵筆新題斷腸句。試問閑愁都幾許？一川烟草，滿城風絮，梅子黃時雨。

鑄此詞傳誦一時，士大夫皆服其『梅子黃時雨』句之工，稱之爲賀梅子。作者其他的小詞亦多工者。

謝逸，字無逸，自號溪堂，臨川人。第進士後，絕意仕進，閑居多從衲子遊，以詩文自遣。著溪堂詞。其江城子最著名：

杏花村館酒旗風，水溶溶，颺殘紅。野渡舟橫，楊柳綠陰濃。望斷江南山色遠，人不見，草連空。　夕陽樓外晚烟籠，粉香融，淡眉峯。記得年時，相見畫屏中。只有關山今夜月，千里外，素光同。

紀的稱作者此詞：『語意淸麗，良非虛美』。更有謂謝逸的詞尙在晁補之張耒之上者，那就未免過譽了。

四　北宋詞的第四期

詞人有兩種：有樂工的詞；有文人的詞。樂工的詞，是能協樂能歌的，但多半做得不好；文人的詞，做是做得很好了，却往往不能協樂。詞的進展，是由樂工的詞，進爲文人的詞。詞到了北宋，那些文人都拿詞來作閑暇的吟咏，不復被之管絃了。詞與樂府便漸漸分離起來。除了一個柳永專門作樂府詞，給那些歌伎們去唱外，大多數的文人的詞，都一步一步離開音樂的立場，專門去賣弄文字上的技巧了；到了蘇軾黃庭堅一般詩人，他們大刀闊斧，淋漓肆放的去做詞，不屑咬文嚼字，不管聲調格律，便越離樂府越遠了。以至于他們的詞不復能歌。

北宋的詞壇，可以說是建設在『文學底賞鑑』上面；不是建設在『樂府』的上面。

直到北宋的末年，詞與樂府才再合攏起來：樂府詞才復興起來。

樂府詞的能夠復興，我們不能不歸功于宋徽宗。徽宗自己是一個富有藝術天才的文人，又是很愛好音樂的人。他創造一個大晟府，叫一般懂得音樂的文人去主持。他們的詞完全依照音樂的曲拍去做，造成北宋末年一種詞的新風氣。

如宋徽宗，周邦彥及女詞人李清照等，都是這時候的樂府詞家。

宋徽宗的詞有兩種境地，在沒有被虜以前，他是享受着最美滿的皇帝生活，那時的詞完全是曼艷綺麗之作，是一種境地；後來他失掉了至尊的權威，身作囚犯，在北地備受精神物質之苦，這時的詞淒涼悱惻，令人欲淚，又是一種境地。代表他前期生活的作品，如探春令：

簾旌微動，峭寒天氣，龍池冰泮。杏花笑吐香猶淺，又還是春將半。　清歌妙舞從頭按，等芳時開宴。記去年對着東風，曾許不負鶯花願。

代表他後期生活的作品，如燕山亭（北行見杏花）：

裁剪冰綃，輕疊數重，淡著燕脂勻注。新樣靚妝，艷溢香融，羞殺蕊珠宮女。

易得凋零，更多少，無情風雨。愁苦！閑院落淒涼，幾番春暮？憑寄離恨重重，這雙燕何曾會人言語。天遙地遠，萬水千山，知他故宮何處？怎不思量，除夢裏，有時曾去。無據！和夢也新來不做。

眼兒媚（北地）

玉京曾憶舊繁華，萬里帝王家。瓊樓玉殿，朝喧弦管，暮列笙琶。　花城人去今蕭索，春夢遶胡沙。家山何處？忍聽羌管，吹徹梅花。

我們看前面的『記去年對着東風，曾許不負鶯花願，』是何等的曼麗！到後面的『憑寄離恨重重，這雙燕何曾會人言語，』又是何等的淒涼！徽宗眞是一位天生才人，這兩種不同境地的詞，都描寫得極好。只可惜他遺傳下來的詞太少了。其所作如調寄導引的諸首，都是宋史樂志明載，曾『絃諸樂府』的。

* * * *

周邦彥是兩宋最偉大的樂府詞家，他的作品爲後來一切樂府詞人的模式。南宋陳郁的藏一話腴稱他：『二百年來以樂府獨步。貴人，學士，市儈，妓女，皆知其詞爲可愛。』

邦彥字美成，號清眞。錢塘人。宋史文苑傳稱『美成疎雋少檢，不爲州里所重。』可見他少年時是很浪漫的。元豐初，以大學生進汴都賦，神宗召爲大學正。其後浮沈州縣三十餘年。徽宗頒大晟樂，召邦彥入爲秘書監，進徽猷閣待制，提擧大晟府。徙處州卒。（一〇六〇——一一二五）

邦彥精通音樂，故徽宗用他提擧大晟府。文苑傳也稱他『好音樂，能自度曲。製樂府長短句，詞韻清蔚。』他的作品，下字用韻，皆有嚴格的法度，所以後人尊奉他的作品爲詞律。

往下我們且擧作者幾首負盛名的詞作例：

蘭陵王（詠柳）

柳陰直，烟裏絲絲弄碧。隋堤上，曾見幾番，拂水飄綿送行色。登臨望故國，誰識京華倦客？長亭路，年去歲來，應折柔條過千尺。　閑尋舊蹤跡。又酒趁哀絃，燈照離席。梨花榆火催寒食。愁一箭風快，半篙波暖，回頭迢遞便數驛。望人在天北。　悽惻，恨堆積。漸別浦縈回，津堠岑寂。斜陽冉冉春無極。念月榭　手，露橋聞笛。沈思前事，似夢裏，淚暗滴。

六醜（落花）

正單衣試酒，悵客裏光陰虛擲。願春暫留，春歸如過翼，一去無迹。爲問家何在？夜來風雨，葬楚宮傾國。釵鈿墮處遺香澤。亂點桃蹊，輕翻柳陌，多情更誰追惜？但蜂媒蝶使，時叩窗槅。　東園岑寂，漸蒙籠暗碧，靜繞珍叢底，成歎息！長條故惹行客，似牽衣待話，別情無極。殘英小，强簪巾幘，終不似一朵釵頭顫嫋，向人欹側。漂流處，莫趁潮汐。恐斷紅尚有相思字，何由見得？

瑞龍吟

章臺路，還見褪粉梅梢，試花桃樹。愔愔坊陌人家，定巢燕子，歸來舊處。

黯凝佇，因念個人癡小，乍窺門戶。侵晨淺約宮黃，障風映袖，盈盈笑語。前度劉郎重到，訪鄰尋里，同時歌舞，惟有舊家秋娘，聲價如故。吟牋賦筆，猶記燕台句。知誰伴名園露飲，東城閒步，事與孤鴻去。探春盡是傷離意緒，官柳低金縷。歸騎晚，纖纖池塘飛雨，斷腸院落，一簾風絮。

邦彥的長調是極負盛名的，那些讚美邦彥的人，都是極力在讚美他的這些長調。他們又喜歡拿邦彥來比擬柳永，至有『周情柳思』之稱。其實邦彥的詞，喜歡使事，喜歡堆砌，遠不如柳永的描寫善于舖敍，富有情調。只是在『懂得音樂，喜歡狎妓，愛寫兒女之情』的幾點上，這兩位作者是相同的。

依我看來，作者的長調，實不如他的小詞較能代表他的藝術。例如：

傷情怨

枝頭風信漸小，看暮鴉飛了。又是黃昏，閉門收返照。　江南人去路渺，信未通，愁已先到。怕見孤燈，霜寒催睡早。

玉樓春

玉匳收起新妝了，鬢畔斜枝紅裊。淺顰輕笑百般宜，試着春衫猶更好。　裁金簇翠天機巧，不稱野人簪破帽。滿頭聊插片時狂，頓減十年塵土貌。

又

桃溪不作從容住，秋藕絕來無續處。當時相候赤闌橋，今日獨尋黃葉路。　煙中列岫青無數，雁背夕陽紅欲暮。人如風後入江雲，情似雨餘黏地絮。

紅窗迥

幾日來眞個醉，不知道窗外亂紅已深半指，花影被風搖碎。擁春醒乍起。　有個人人生得濟楚，來向耳邊問道「今朝醒未」？情性兒慢騰騰地，惱得人又醉。

一落索

眉共春山爭秀，可憐長皺。莫將清淚濕花枝，恐花也如人瘦。　情潤玉簫閑久，知音稀有。欲知日日倚欄愁，但問取亭前柳。

虞美人

疏籬曲徑田家小，雲樹開清曉。天寒山色有無中，野外一聲鐘起送孤蓬。添衣策馬尋亭堠，愁抱惟宜酒。菰蒲睡鴨占陂塘，縱彼行人驚散又成雙。

邦彥的詞，有的很雅，有的近俗，大約貴人學士最歡迎他的雅詞，市儈妓女則愛他的俗詞。

稱道邦彥詞的眞是多。由他們的批評，簡直把這位作家抬作天字第一號的詞人了：周濟論詞雜著：『美成思力，獨絕千古。如顏平原書，雖未臻兩晉，而唐初之法，至此大備。後有作者，莫能出其範圍矣。』周濟又說：『鉤勒之妙，無如清眞。他人一鉤勒便薄，清眞愈鉤勒愈渾厚。』强煥序片玉詞說：『美成詞撫寫物態，曲盡其妙。』陳質齋說：『美成詞多用唐人詩語，隱括入律，混然天成。長調尤善鋪叙，富艷精工。詞人之甲乙也。』張炎說：『美成詞渾厚和雅，善于融化詩句。』賀黃公說：

『周淸眞詞有柳欹花嚲之致，沁人肌骨，視淮海不徒娣姒而已。』彭羨門說：『美成詞如十三女子，玉艷珠鮮，未可以其軟媚而少之。』

邦彥詞本是値得我們贊美的，但這些批評，却不免過于誇張。如說邦彥喜歡用唐人詩語，實是他作詞的大毛病，故劉克莊說：『美成頗偷古句。』又如說邦彥的詞高出秦觀，也是錯誤，近人王國維說：『詞之雅鄭，在神不在貌。少游雖作艷語，終有品格。方之美成便有淑女與娼妓之別。』(人間詞話)平心而論，邦彥詞雖有不少缺點，然才力渾厚，『言情體物，窮極工巧，』終不失爲一流作家。若以樂府詞方面說，邦彥尤有偉大的造詣。

* * * *

李淸照是樂府詞人中最偉大的一個，牠能以嚴格的規律，寫成很自然的白話詞，其成績更在周邦彥之上。

淸照自號易安居士，濟南人。生于神宗元豐四年(一〇八一)。她于文藝，具有慧根，小時候已自不凡了。二十一歲，與大學生趙明誠結婚。這要算是清照一生最美滿的時代。由她的詞『笑語檀郎，今夜紗櫥枕簟涼』，『怕郎猜道，奴面不如花面好；雲鬢斜簪，徒要敎郎比並看』，可以看出那時她倆夫婦是在享受最甜密的新婚生活。

青春的年華是格外容易消逝的，不知不覺的便把我們女詞人的少年送掉了。她四十七歲的那年，她夫婦跟着北宋之亡而南渡。不幸趙明誠即死于那年。

憂患餘生的李清照，從此便悲涼以終其殘生了。

李清照的漱玉詞，有人說是婉約派之宗，（王士禎語）這是一點也不錯的。清照自己是個夠溫柔的女性，她寫出來的自然不是英雄的詞，而是兒女的詞；不是粗豪的詞，而是婉約的詞。

淸照的詞有兩個不同的時期。她少年時的詞是在北方做的，多半抒寫閨中閑情淸愁之作；她晚年之詞是在南方做的，多半是愁苦的哀吟。前後兩個時期的詞的情調是完全兩個樣子的。

我們且舉牠幾首少年時的詞作例：

如夢令

常記溪亭日暮，沉醉不知歸路。興盡晚囘舟，誤入藕花深處。爭渡，爭渡，驚起一灘鷗鷺。

又

昨夜雨疏風驟，濃睡不消殘酒。試問捲簾人，却道海棠依舊。知否？知否？應是綠肥紅瘦。

一剪梅

紅藕香殘玉簟秋，輕解羅裳，獨上蘭舟。雲中誰寄錦書來？雁字囘時，月滿西樓。花自飄零水自流，一種相思，兩處閑愁。此情無計可消除，纔下眉頭，又上心頭。

醉花陰（九日）

薄霧濃雲愁永晝，瑞腦消金獸。佳節又重陽，玉枕紗廚，半夜涼初透。　東籬把酒黃昏後，有暗香盈袖。莫道不消魂，簾捲西風，人比黃花瘦。

清照的詞在當時便很有名了的。相傳她的丈夫趙明誠也能詞，却不甘居清照之下，想勝過她。他把自己苦吟出來的幾十首詞，插以清照的重陽醉花陰詞，去給友人陸德夫看，陸德夫玩誦再三，最後指出絕妙的三句：『莫道不消魂，簾捲西風，人比黃花瘦』，正是李清照之作。

清照不僅工小詞，她的長詞也是寫得很好的：

鳳凰臺上憶吹簫

香冷金猊，被翻紅浪，起來慵自梳頭。任寶奩塵滿，日上簾鉤。生怕離懷別苦，多少事，欲說還休。新來瘦，非關病酒，不是悲秋。　休休！這回去也，千萬遍陽關，也則難留。念武陵人遠，煙鎖秦樓。惟有樓前流水，應念我終日凝眸。凝眸處，從今又添一段新愁。

聲聲慢

尋尋覓覓，冷冷清清，淒淒慘慘戚戚。乍暖還寒時候，最難將息。三杯兩盞淡酒，怎敵他晚來風急？雁過也，正傷心，却是舊時相識。　滿地黃花堆積，憔悴損，而今有誰堪摘？守着窗兒，獨自怎生得黑？梧桐更兼細雨，到黃昏點點滴滴。這次第，怎一個愁字了得？

李清照最會寫愁情，最會寫相思之情，她不但運用辭句很巧妙，而且最長于創造新辭。如『寵柳嬌花』，『綠肥紅瘦』，『清露晨流，新桐初引』，這些句子都是清新奇麗之甚。其壺中天慢詞云：

蕭條庭院，又斜風細雨，重門須閉。寵柳嬌花寒食近，種種惱人天氣。險韻詩成，扶頭酒醒，別是閒滋味。征鴻過盡，萬千心事難寄。　樓上幾日春寒，簾垂四面，玉闌干慵倚。被冷香消新夢覺，不許愁人不起。清露晨流，新桐初引，多少遊春意。日高煙斂，更看今日晴未？

這首詞的意境不能不說是平凡的，然而字句却都是極新鮮的。李清照描寫的本領，却是能夠把那些用慣了用舊了的淺而且俗的文字，綴成一些極清新鮮麗的詞句，這是作者運用文字有特別技巧的地方。

往下，我們再看清照晚年的詞：

如夢令

誰伴明窗獨坐？我共影兒兩個。燈盡欲眠時，影也把人拋躲。無那，無那，好個淒涼的我！

武陵春

風住塵香花已盡，日晚倦梳頭。物是人非事事休，欲語淚先流。　聞說雙溪春尚好，也擬汎輕舟。只恐雙溪舴艋舟，載不動許多愁！

浪淘沙

簾外五更風，吹夢無踪。畫樓重上與誰同？記得玉釵斜撥火，寶篆成空。　回首縈金峯，雨潤煙濃。一江春浪醉醒中。留得羅襟前日淚，彈與征鴻！

我們如明白李清照晚境淒涼的生活，便知道這些詞完全是寫實的作品。清照的生平，可以說和李後主完全是一樣，前半期是喜劇，後半期是悲劇。兩人的詞也有很多的共同點：李後主不喜歡用典，喜歡用自己造的詞句來描寫；李清照也不喜歡用典，喜歡用自己造的詞句來描寫。李後主的詞多是用通俗的字句，來表現極深摯的情感；李清照的詞也多是用通俗的字句表現極深摯的情感。詞家之有二李，眞可以說是詞史上的雙聖哩。

* * * *

北宋末年的樂府詞人，除周邦彥，李清照而外，尚有晁端禮，康與之等，然其作品則遠不逮了。

第四章　宋詞（下）

詞至南宋，更加緊地繁衍起來。

就詞集之流傳至今者加以計算：毛晉輯宋六十一家名詞，北宋只有二十三家，南宋却得三十八家。王鵬運四印齋彙刻詞于毛刻三十八家之外，又得南宋詞三十二家。朱祖謀彊村叢書又于王刻之外，復得七十一家。丢開別的刻本不算，單就這三家所刻，南宋詞人作集，已有一百四十一家。這還是指遺留下來的專集而言。至于選集，有黃昇的中興以來絕妙詞選，始於康與之，終於洪瑹，共八十九家；周密的絕妙好詞選，始於張孝祥，終於仇選，共一百三十二家，這都是南宋有名的詞家，所謂文人的詞。至於那優伶歌妓，販夫走卒的詞，還不計算呢。故單就詞量數的發達方面講，北宋比南宋又『瞠乎其後』了。

南宋詞何以這樣特殊地發達起來呢？

南宋詞之有『特殊』的發展，其最大的原因，不能不歸功于宋徽宗倡導詞學之力。我們知道北宋那些帝王，都是極力提倡禮法道德，厭惡浮華的。柳永的詞被黜于仁宗，就是一個最好的例。徽宗自己是一個富有才華，愛好文學的皇帝，他不但會作詞，喜歡作詞；而且引用詞人，召周邦彥爲大晟樂正。有了這一個强有力的詞的提倡者，把文學的趨向，完全轉移到詞壇裏來了。向來不做詞人也做起詞來了。後來北宋陷于金，這些詞人都跑到南方來了。于以造成南渡詞壇的發達。

一 南渡詞壇

南宋詞最發達的時期，當推南渡時期。

當着北宋詞人還沒有南渡的時候，那時中原無事，社會昇平，他們的生活都是沈醉在笙歌艷舞的繁華裏面，他們的作品也都是些『靡靡之音』。不料綺華的好夢是這般容易消逝的，金人鼙鼓動地來，把宋室臣民，趕得倉皇南渡。這時老皇帝被難了，新皇帝只偏處江南，眼望着中原之地，被蹂躪于異族。有血性的人，看了都要難過，都要感慨生哀的。因此，他們的作品都帶着一種悲壯感慨的調子。這可以說是南渡詞人的詞的特徵。(自然也有例外的)往下我們且依次來詮叙南渡詞人的作品吧。

*　*　*　*

陳與義是宋代大詩人之一。字去非，其先居京兆，後遷洛陽，(或謂其先蜀人)自稱洛陽陳某，號簡齋。他天資卓偉，兒時已能作文，得着很好的文譽。登政和三年上舍甲科，授開德府教授，尋遷大學士，擢符寶郎。南渡後，避亂襄漢，轉湖湘，踰嶺嶠。高宗召爲兵部侍郎。後累升擢。紹興七年，參知政事。(一〇九〇——一一三八)卒時才四十九歲。著有簡齋集。宋史稱其『尤長於詩。體物寓興，清邃紆餘，高舉橫厲，上下陶謝韋柳之間。』其詞亦負盛名，所作無住詞一卷雖只十八首小詞，却首首可傳。最負盛名的是一首虞美人和一首臨江仙詞：

虞美人(大光祖席醉中賦)

張帆欲去仍搔首，更醉君家酒。吟詩日日待春風，及至桃花開後却怱怱。歌聲頻爲行人咽，記着尊前雪。明朝酒醒大江流，滿載一船離恨向衡州！

臨江仙（夜登小閣憶洛中舊遊）

憶昔午橋橋上飲，坐中多是豪英。長溝流月去無聲，杏花疏影裏，吹笛到天明。二十餘年如一夢，此身雖在堪驚！閑登小閣看新晴。古今多少事，漁唱起三更。

此詞乃與義南渡後所作，那時少年意氣，感慨自多。如定風波（重陽）：

九日登高有故常，隨晴隨雨一傳觴。多病題詩無好句，孤負黃花今日十分黃。記得眉山文翰老，曾道四時佳節是重陽。江海滿前懷古意，誰會闌干三撫獨淒涼！

黃日升花菴詞選稱與義的詞『可摩坡仙蘇軾之壘。』胡仔苕溪漁隱叢話亦稱其詞『清婉奇麗。』方回瀛奎律髓說：『以詞論，則師道爲勉强學步，庭堅爲利鈍互陳，皆迥非與義之敵矣。』紀昀四庫全書提要亦稱與義的無住詞爲：『吐言天拔，不作柳嚲鶯嬌之態，亦無蔬筍之氣，殆于首首可傳。』

*　*　*　*

葉夢得是一個富有經濟才的人。字少蘊，蘇州吳縣人。他幼年嗜學，喜談論，登紹聖四年進士第，調丹陽尉。徽宗時，以蔡京薦，累遷翰林學士，擢升龍圖閣直學士。南渡後，遷翰林學士兼侍讀，除戶部尚書。晚年請老，提舉臨安府洞霄宮。以崇信軍節度使致仕。卒于湖州，贈檢校少保。（一〇七七——一一四八）

夢得自號石林居士，著有石林詩話，頗不滿意于蘇黃一派的詩。但他的詞却很有蘇軾那一派豪放的風味：

滿庭芳

楓落吳江，扁舟搖蕩，暮山斜照催晴。此心長在，秋水共澄明。底事經年易拼？驚遺恨，悄悄難平。臨風處，佳人萬里，霜笛與誰橫？長城誰敢犯？知君五字，元有詩聲。笑茅舍何時歸此眞成？絲鬢朱顏老盡，柴居在，行即終行。聊相待，狂唱醉舞，雖老未忘情。

水調歌頭

霜降碧天靜，秋事促西風。寒聲隱地初聽，中夜入梧桐。起瞰高城四顧，寥落關河千里，一醉與君同。疊鼓鬧清曉，飛騎引雕弓。歲將晚，客爭笑，問衰翁：平生豪氣安在？走馬爲誰雄？何似當筵虎士，揮手弦聲響處，雙雁落遙空。老矣眞堪惜，回首望雲中。

關注序葉夢得石林詞說：『其詞婉麗，卓有溫李之風。晚歲落其華而實之，能于簡淡時出雄傑，合處不減靖節東坡之妙。』毛晉也說：『石林詞卓有林下風，不作柔語殢人，眞詞家逸品也。』

他的小詞也有寫得很好的：

蝶戀花

薄雪消時春已半，踏遍蒼苔，手挽花枝看。一縷遊絲牽不斷，多情更覺蜂兒亂。盡日平波回遠岸，倒影浮光，却記冰初泮。酒力無多吹易散，餘寒向晚風驚慢。

菩薩蠻（湖光亭晚景）

平波不盡蒹葭遠，淸霜半落沙痕淺。烟樹晚微茫，孤鴻下夕陽。　梅花消息近，試向南枝問。記得水邊春，江南別後人。

葉夢得詞有『格』而乏『韻』，不能不說是一個很大的缺點，拿他來比陶潛，實在是不倫不類，但在南渡的詞人中，總要算一個很有氣魄的詞人。

* * * *

范成大字致能，吳郡人。生於北宋欽宗靖康元年，（一一二六）卒於南宋光宗紹熙四年。（一一九三）紹興中進士。累官權吏部尚書，參知政事。尋帥金陵，以病請閑。進資政殿學士，領洞霄宮，加大學士。死時年六十八。（一一二六——一一九三）

他是南宋大詩人之一，是寫田園山水的聖手，他的詞，特別是小詞，很長于描繪自然。

鷓鴣天

嫩綠重重看得成，曲闌幽檻小紅英。酴醾加上蜂兒鬧，楊柳行閑燕子輕。 春晼晚，客飄零，殘花殘酒片時清。一杯且買明朝事，送了斜陽月又生。

醉落魄

棲烏飛絕，絳河綠霧星明滅。燒香曳簟眠清樾，花影吹笙，滿地淡黃月。 好風醉竹聲如雪，昭華三弄臨風咽，鬢絲撩亂綸巾折。涼滿北窗，休共軟紅說！

秦樓月

窗紗薄，日穿紅幔催梳掠。催梳掠，新晴天氣，畫檐聞鵲。 海棠逗曉都開却，小雲先開欄干角。闌干角，楊花滿地，夜來風惡。

范成大的詞很有飄逸高妙的境界，如其詩，亦如其人。因爲作者在政治上生活最適意，生平沒有甚麼失意的悲劇，他的心靈永遠是閑適的，所以他的詞寫出來也永遠是這樣有幽逸之趣。

*　*　*　*

向子諲字伯恭，臨江人。以恩補官。南渡初，歷徽猷閣直學士，罷知平江府。金使議和將入境，子諲不肯拜金詔，忤秦檜意，乃致仕，卜居於清江五柳坊楊遵道之別墅，號所居曰薌林，自稱薌林居士。（一〇八六——一一五三）

子諲的詞有兩個不同的時期，前期是在江北的舊詞，後期是在江南的新詞。當北宋的末年，中原雖已危機四伏，但表面上仍是太平景象。恰好徽宗又是一位享樂主義的皇帝，笙歌艷舞，一味追逐繁華。那時向子諲少年顯貴，不知淒涼感慨爲何物，所以他的作品都是一些曼艷的小詞：

浣溪紗

曾是襄王夢裏仙，嬌癡恰恰破瓜年，芳心已解品朱絃。　淺淺笑時雙靨媚，盈盈立處綠雲偏，稱人心事盡人憐。

相見歡

亭亭秋水芙蓉，翠圍中，又是一年風露笑相逢。天機畔，雲錦亂，思無窮。路隔銀河，猶解嫁西風。

梅花引（戲代李師明作）

花如頰，梅如葉，小時笑弄堦前月。最盈盈，最惺惺，閑愁未識，無計定深情。十年空省春風面，花落花開不相見。要相逢，得相逢，須信靈犀，中自有心通。

這時的向子諲完全是沈靡在綺華的好夢裏面。及南渡後，一方面國破家亡之慘，很悲哀的刺激他的心靈；同時，他又指揮戰場，身經苦戰，在金人圍困的城裏死守很久，在亂軍中逃出來幾乎被殺。這許多痛苦生活，把他訓練成一個慷慨豪放的人生；所以他南渡以後的詞，也變成慷慨豪放的風調。胡寅序酒邊詞，至以子諲列之於蘇軾一派向鎬是南渡詞人之一，他的生平事蹟無可考。朱彝尊詞綜記他：『字豐之，河內人，有樂齋詞二卷。』今其樂齋詞已大部分散佚了。從殘餘下來的向鎬詞中，我們能夠看出他的作品的藝術，是有高貴的價值的：

如夢令

夢斷綠窗鶯語，消遣客愁無處。小檻俯青郊，恨滿楚江南路。歸去，歸去，花落一川烟雨。

又

樓上千峯翠巘，樓下一灣淸淺。寶篆酒醒時，枕上月華如練。留戀，留戀，明日水村煙岸。

又

野店幾杯空酒，醉裏兩眉長皺。已自不成眠，那更酒醒時候！知否？知否？直是爲他消瘦。

向鎬在當代旣不是文人學士之列，又沒有做過大官，故其名不顯。但他的詞的好處，却是無法否認的。雖散佚甚多，終不至於失傳。不用誇張的話來形容，『直致近俗』四個字，便是向鎬詞最好的批評。茲再舉他的一首詞作例：

朝中措

平生此地幾經過，家近奈情何？長記月斜風勁，小舟猶渡煙波。　而今老大，歡消意減，只有愁多。不似舊時心性，夜長聽徹漁歌。

* * * *

周紫芝字少隱，宣城人。舉進士，歷任樞秘院編修，右司員外郎，知興國軍。他曾經從張來，李之儀學詩，他的詞學晏幾道。（紫芝自云：『予少時酷喜小晏詞。』）紀的四庫全書提要謂：『紫芝塡詞，本從晏幾道入，晚乃刊除穠麗，自爲一格。』其詞如：

清平樂

烟鬟斂翠，柳下門初閉。門外一川風細細，沙上暝禽飛起。 今宵水畔樓邊，風光宛似當年。月到舊時明處，共誰同倚欄干？

又

青春欲暮，柳下將飛絮。月到堦前梅子樹，啼得杜鵑飛去。 人歸不掩朱門，一成過了黃昏。只有殘燈紅蠟，照人猶自消魂。

秦樓月

東風歇，香塵滿院花如雪。花如雪，看看又是黃昏時節。 無言獨自添香鴨，相思情緒無人說。無人說，照人只有西樓斜月。

生查子

春寒入翠帷，月淡雲來去。院落半晴天，風撼梨花樹。 人醉掩金鋪，閑倚秋千杜。滿眼是相思，無說相思處。

周紫芝的詞終究不曾脫掉小晏詞的風調，尤其是他寫的幾首鷓鴣天詞，幾乎令人疑是小山集裏面的作品：

鷓鴣天

花褪殘紅綠滿枝，嫩寒猶透薄羅衣。池塘雨細雙鴛睡，楊柳風輕小燕飛。　人別後，酒醒時，午窗殘夢子規啼。尊前心事誰人問，花底閑愁春又歸！

又

一點殘紅欲盡時，乍涼秋氣滿屏幃。梧桐葉上三更雨，葉葉聲聲是別離。　調寶瑟，撥金猊，那時同唱鷓鴣詞。如今風雨西樓夜，不聽清歌也淚垂！

孫競序竹坡詞，稱其『清麗婉曲』。他的詩在南宋也有名。

* * * *

陳克字子高，臨海人。紹興中爲敕令所删定官。自號赤城居士，僑居金陵。他遺留下來的一卷赤城詞，雖然篇幅不多，每一首都是值得我們玩味的。作者本來是一個詩人，李庚稱他的詩很有『情致』，但遠不如他的詞之工。我們隨便舉他的幾首詞作例：

好事近（石亭探梅）

尋徧石亭春，點點暮山明滅。竹外小溪深處，倚一枝寒月。　淡雲疏雨若無情，得折便須折。醉帽風鬟歸去，有餘香愁絕。

謁金門

春寂寂，綠暗溪南溪北。溪水沈沈天一色，鳥飛春樹黑。　腸斷小樓吹笛，醉裏看朱成碧。愁滿眼前遮不得，可憐雙鬢白！

菩薩蠻

綠蕪牆繞青苔院，中庭日淡芭蕉捲。蝴蝶上階飛，風簾自在垂。　玉鉤雙語燕，寶甃楊花轉。幾處簸錢聲，綠窗春夢輕。

臨江仙

枕帳依依殘夢，齋房忽忽餘酲。薄衣團扇繞階行。曲闌幽樹，看得綠陰成。檐雨爲誰凝咽？林花似我飄零。微吟休作斷腸聲。流鶯百囀，解道此時情。

陳克是一個多情善感的詞人，眼前的一切都足以引起他的悲哀。如：『餘香』，『吹笛』，『廚冷』，『燈昏』，『檐雨』，『林花』，都是他哀吟的資料。他的詞表現想像力是很强的。

他不僅愁詞寫得好，艷詞也寫得好：

浣溪紗

淡墨花枝掩薄羅，嫩藍裙子窣湘波，水晶新樣碾風荷。 問着似羞還似惡，惱來成笑不成歌，芙蓉帳裏奈君何。

謁金門

春漏促，誰見兩人心曲。罨畫屏風銀蠟燭，淚珠紅簌簌。 懊惱歡娛不足，只許夢中相逐。今夜月明何處宿，畫橋春水綠。

周濟論詞雜著對於陳克有很誇張的批評：『子高不甚有重名，然格韻絕高，昔人謂晏周之流亞。晏氏父子，俱非其敵。以方美成，則又擬於不倫。其溫韋高弟乎？』陳克實在是南宋一個可貴的詞家，但說晏殊晏幾道的詞都比不上他，則未免獎飾過分了些吧。

* * * *

呂渭老，一作濱老字聖求，嘉興人。他南渡後的詩，感慨極深，如『愛國憂身到白頭，此生風雨一沙鷗』；又『尙喜山河歸帝子，可憐麋鹿入王宮』。可是，他的詞却失掉這種感慨了。在他的聖求詞裏面有時還可以發現極曼艷的詞，例如：『裙長步漸遲，扇薄羞難掩。袿褪倚郎肩，問路眉先斂。踏青南陌回，倚醉閒嬌嚲。今夜更同行，忍笑勻妝臉』。（生查子）不過這種詞不能代表呂渭老完全的作風。楊愼詞品稱其『望海潮，醉蓬萊，撲蝴蝶近，惜分釵，薄倖，選冠子，百宜嬌等闋，佳處不減少游；東風第一枝（詠梅）不減東坡之綠毛么鳳。』惜分釵乃作者自製新譜，其詞最足以代表呂渭老：

春將半，鶯聲亂，柳絲拂馬花迎面。小堂風，暮樓鐘，草色連雲，暝色連空，重重！秋千畔，何人見？寶釵斜照春妝淺。酒霞紅，與誰同？試問別來，近日情悰：忡忡！

趙師秀稱渭老詞：『婉媚深窈，視美成耆卿，伯仲耳。』我們且不必拿渭老去比美成耆卿，或是比秦少游蘇東坡，那是無多意義的比較；總之渭老的詞的情致是很深的。他又喜歡用白話來寫詞，而且寫得好：

蝶戀花

花枝撩人紅入眼，可是東君要人腸寸斷？欲訴深情春不管，風枝雨葉空撩亂。謾插一枝飛一盞，小賞幽期，破我平生願。珍約未成春又短，但憑蝴蝶傳深怨。

小重山

雨洗簷花濕畫簾，知他因甚地，瘦厭厭？玉人風味似冰蟾，愁不見，煙霧曉來添。　煩惱舊時諳，新來一段事，未心甘。滿懷離緒過春蠶。燈殘也，誰見我眉尖！

一落索

蟬帶殘聲柳別樹，晚涼房戶。秋風有意染黃花，下幾點淒涼雨。　渺渺雙鴻飛去，亂雲深處。一山紅葉爲誰愁？供不盡相思句。

呂渭老的小詞長詞都寫得很好。

*　　*　　*　　*

蔡伸字伸道，莆田人。宣和中，官彭城倅，歷左中大夫。他曾與向子諲同官彭城，所以唱酬之作不少。紀昀四庫全書提要稱：『伸詞固遜子諲，而才致筆力，亦略相伯仲』。其實，以我們的眼光看來，蔡伸詞的缺點只是格調不高，他的才華較子諲還怕要差勝一籌。詞例：

卜算子

前度月圓時，月下相攜手。今夜天邊月又圓，夜色如清晝。 風月渾依舊，水館空回首。明夜歸來試問伊：曾解相思否？

西地錦

寂寞悲秋懷抱，掩重門悄悄。清風皓月，朱闌畫閣，雙鴛池沼。 不忍今宵重到，惹離愁多少？蓬山路杳，藍橋信阻，黃花空老。

長相思

我心堅，你心堅，各自心堅石也穿，誰言相見難？ 小窗前，月嬋娟，玉困花柔並枕眠，今宵人月圓。

相見歡

樓前流水悠悠，駐行舟，滿目寒雲衰草使人愁！ 多少恨？多少淚？謾遲留。

何似驀然拚捨去來休。

昭君怨

一曲雲和松響，多少離愁心上？寂寞掩屏帷，淚沾衣！ 最是銷魂處，夜夜綺窗風雨。風雨伴愁眠，夜如年！

蒼梧謠

天！休使圓蟾照客眠。人何在？桂影自嬋娟。

這些詞都寫得很好。大概作者受歐陽修晏幾道的詞的影響很不少，不喜歡使事用典，而清新綽約，情致嫣然。實南渡詞人中的健者。

* * * *

趙長卿自號仙源居士，宋之宗室。他的詞有惜香樂府十卷。毛晉稱其：『不棲志繁華，獨安心風雅，……雖未敢與南唐二主相伯仲，方之徽宗，則迴出雲霄矣』。長卿的詞自是南宋一大家，毛晉所稱是不錯的；但說比徽宗『迴出雲霄，』乃是荒謬之論。其實，長卿正不必壓倒徽宗，才佔着詞壇上名貴的地位。我們試讀他的詞：

畫堂春（長新亭）

小亭烟柳水溶溶，野花白白紅紅。惱人池上晚來風，吹損春容。　又是清明天氣，當年小院相逢。憑欄幽思幾千重，殘杏香中。

清平樂

紫簫聲斷，窗底春愁亂。試著春衫羞自看，窄似年時一半。　一春長病厭厭，新來愁病重添。香冷倦熏金鴨，日高不捲珠簾。

長相思

欲愁眉，恨依依，腸斷闕情怨別離，雲中過雁悲。　瘦因誰？病因誰？屈指無言忖後期，此時人怎知？

卜算子（亭上納涼）

新月掛林梢，暗水鳴枯沼。時見疎星落畫簷，幾點流螢小。　歸意了無多，故作連環遠。欲寄新詩問採菱，水闊烟波渺。

蝶戀花(登樓晚望聞歌聲清婉而作)

閒上西樓供遠望，一曲新聲，巧娟，誰家唱？獨倚危欄聽半餉，長江快瀉澄無浪。清淚恰同春水漲，拭盡重流，觸事如何向？不覺黃昏燈已上，舊愁還是新愁樣。

臨江仙

過盡征鴻來盡雁，故園消息茫然。一春憔悴有誰憐？懷家寒食夜，中酒落花天。見說江頭春浪渺，殷勤欲送歸船。別來此處最縈牽。短蓬南浦雨，疎柳斷橋烟。

長卿也是一位白話詞人，他大約沒有做過官，得以盡情去享受自己的生活，盡情去做詞，所以寫下來了十卷之多的惜香樂府，在南渡詞人中要算是詞成績最多的一個。

*　*　*　*

張元幹字仲宗，別號蘆川居士，長樂人。（一作三山人）紹興中因胡銓上書乞斬秦檜被謫，元幹作賀新郎詞送之，坐是除名。元幹在當時本是李綱主戰那一派的人，秦檜當國後，他們滿腔愛國傷時的忿氣，無處發洩，恰好遇着胡銓爲秦檜的事情被謫，他便寫了一首長詞送胡銓，把自己懷念故國，感慨山河，鬱悒不平之氣，毫無顧忌的盡情抒寫出來：

賀新郎（送胡邦衡待制赴衡州）

夢繞神州路，悵秋風，連營畫角，故宮離黍。底事崑崙傾砥柱？九地黃流亂注，聚萬落千村狐兔。天意從來高難問，況人情老易悲難訴。更南浦，送君去。涼生暗柳催殘暑，耿斜河，疎星淡月，斷雲微度。萬里江山知何處？回首對床夜語。雁不到，書成誰與？月盡青天懷今古。肯兒曹，恩怨相爾汝。舉大白，聽金縷。

這首詞雖不是元幹最好的作品，而悲壯慷慨，最足以象徵元幹的人格。至於代表作者在藝術方面成功的詞，我們要另舉幾首作例：

菩薩蠻

拍堤綠漲桃花水，畫船穩泛東風裏。絲雨濕苔錢，淺寒生禁煙。江山留不住，却載笙歌去。醉倚玉搔頭，幾曾知旅愁。

又

春來春去催人老，老夫爭肯輸年少。醉後少年狂，白髭殊未妨。插花還起舞，管領風光處。把酒共留春，莫教花笑人。

如夢令

臥看西湖煙渚，綠蓋紅妝無數。簾捲曲欄風，拂面荷香吹雨。歸去，歸去，笑損花邊鷗鷺。

踏莎行（別意）

芳草平沙，斜陽遠樹，無情桃李江頭渡。醉來扶上木蘭舟，將愁不去將人去。

薄劣東風，天斜飛絮，明朝重覓吹笙路。碧雲香裏小樓空，春光已到銷魂處。

清平樂

明珠翠羽，小綰同心縷。好去吳淞江上路，寄與雙魚尺素。　蘭橈飛取歸來，愁眉待得伊開。相見嫣然一笑，眼波先入郎懷。

毛晉評元幹詞云：『人稱其長於悲憤，及讀花菴，草堂所選，又極嫵秀之致，眞堪與片玉，白石，並垂不朽。』

* * * *

張孝祥字安國，號于湖，原爲蜀之簡州人。徙居歷陽烏江，亦稱烏江人。生於南宋紹興初年。少負才華。紹興二十四年廷對第一，授承事郎，因忤秦檜，屢遭遷黜。及檜卒，始得隆遇。累官中書舍人直學士院，兼督府參贊軍事，領建康留守。尋以荊南湖北路安撫使，進顯謨殿直學士。孝宗初年卒。時方三十六歲，故孝宗有『用才不盡」之歎。其詞在當代很負盛名，為朱敦儒所驚賞。朝野遺記稱其在建康留守席上，賦六州歌頭一闋，感憤淋漓，主人為之罷席而入。其詞云：

長淮望斷，關塞莽然平。征塵暗，霜風勁，悄邊聲，黯銷凝。追想當年事，殆天數，非人力。洙泗上，絃歌地，亦羶腥。隔水氈鄉，落日牛羊下，區脫縱橫。看名王宵獵，騎火一川明。笳鼓悲鳴遣人驚。　念腰間箭，匣中劍，空埃蠹，竟何成？時易失，心徒壯，歲將零。渺神京。干羽方懷遠，靜烽燧，且休兵。冠蓋使，紛馳騖，若為情。聞道中原遺老，常南望，翠葆霓旌。使行人到此，忠憤氣塡膺，有淚如傾！

作者是一位極力主張北伐的人，此詞忠憤慷慨，適足以代表其人格與懷抱。魏了翁稱孝祥聲名著於湖湘，過洞庭賦念奴嬌，在集中最為傑特。其詞云：

洞庭青草，近中秋，更無一點風色。玉界瓊田三萬頃，著我扁舟一葉。素月分輝，明河共影，表裏俱澄徹。悠然心會，妙處難與君說。　應念嶺表經年，孤光自照，肝膽皆冰雪。短髮蕭疏襟袖冷，穩泛滄溟空闊。盡吸西江，細斟北斗，萬象為賓客。叩舷獨嘯，今夕不知何夕？

孝祥的小詞又是一種風味：

西江月（丹陽湖）

問訊湖邊春色，重來又是三年。東風吹我過湖船，楊柳絲絲拂面。　世路於今已慣，此心到處悠然。寒光亭下水連天，飛起沙鷗一片。

眼兒媚

曉來江上荻花秋，做弄箇離愁：半竿殘日，兩行珠淚，一葉扁舟。　須知此去應難遇，直待醉方休。如今眼底，明朝心上，後日眉頭。

陽衡序孝祥的詞說：『于湖平昔為詞，未嘗著稿，筆酣興健，頃刻即成。』我們讀過于湖詞，也覺得淋漓奔放，一氣呵成，是孝祥詞的優點。其缺點則在過於疏忽文字上的技巧。

*　*　*　*

以上共選錄詞人十二家。此外尚有最重要的詞人朱敦儒，辛棄疾，陸遊，劉過等，則在下面另有較詳細的敍述。至於不甚重要的作者，則放在宋詞人補誌一段去講了。

二　南宋的白話詞

南宋偏安已定後的詞壇，顯然形成兩個不相同的詞派，一派是專作白話詞，一派是專作古典詞。南宋的前期，是白話詞發展的時期；南宋的後期，是古典詞盛行的時期。

請先講南宋的白話詞。

這一派的詞，是繼承蘇軾的作風而來的。其好處就是能夠用活潑的文字，來表現作者的眞性情。用詞而不爲詞所使。使每一個詞人的個性風格，都能在詞裏面活繪出來。這，一方面把詞的應用的範圍擴大了，一方面又把詞的文學價值抬高了。

南宋的白話詞人，最珍貴的要算朱敦儒，辛棄疾，陸游，劉過，劉克莊，朱淑貞諸人。

* * * *

首先我們要介紹樵歌的作者朱敦儒。

敦儒字希眞，河南洛陽人。他的生卒年都不可考，（據胡適的考證，他大概於時神宗元豐初年，約當一〇八〇；死於孝宗淳熙初年，約當一一七五年。）他少年時，志行很高，以布衣而負朝野的重望。靖康中，被召至京師，朝延給他以學官的位置，他說：『麋鹿之性，自樂閑曠，爵祿非所願也。』辭還山。南渡後，高宗詔舉草澤才德之士，又有人薦朱敦儒，說是『有文武才，』高宗召他，他又辭不就。避亂客南雄州。後來經過好幾次的徵召，他的老朋友也勸他去輔翼皇帝做『中興』的事業，他才動心，才去應徵。賜進士出身，爲秘書省正字，又兼兵部郎官。遷兩浙東路提點刑獄。後以『專立異論』的罪狀，爲諫議大夫汪勃所劾，遂遭罷免。紹興十九年（一一四九）上疏乞歸。秦檜當國的時候，喜用文人，復除敦儒爲鴻臚少卿。檜死後，敦儒也被廢了。評朱敦儒的人，往往譏其晚節不終。其實朱敦儒的個人，實在是名利心很淡的，從他的詞處處都可以看得出來。

鷓鴣天

我是淸都山水郎，天敎懶慢帶疏狂。曾批給露支風敕，累奏留雲借月章。　詩萬首，酒千觴，幾曾着眼看侯王？玉樓金闕慵歸去，且插梅花寄洛陽。

朝中措

先生筇杖是生涯，挑月更擔花。把住都無憎愛，放行總是煙霞。　飄然歸去，旗亭問酒，蕭寺尋茶。恰似黃鸝無定，不知飛到誰家？

好事近

漁父長身來，只共釣竿相識。隨意轉船回棹，似飛空無跡。　蘆花開落任浮生，長醉是良策。昨夜一江風雨，都不會聽得。

又

猛向這邊來，得個信音端的。天與一輪釣線，領煙波千億。　紅塵今古轉船頭，鷗鷺已陳跡。不受世間拘束，任東西南北。

好了，不再舉例了，像這樣的詞在朱敦儒的樵歌裏面眞是不知多少，處處都表現作者的性格是浪漫的，是任性的，是無拘無束的。我們明白了作者是這一種閑散詩人的性格，然後才能夠進而賞鑑他的詞。

樵歌的好處，簡言之，就是白話的好處。

在北宋的詞人中，也有不少會寫白話詞的，如歐陽修蘇軾們都常常寫近乎白話的詞，但總嫌文雅氣太重。只有一個柳永是專門寫白話詞的。但他作詞喜歡寫長調，過於鋪敍，人家都嫌他風調不高。在宋人中一方面能用純粹的白話來寫詞，同時詞的風調又高的，怕只有朱敦儒和辛棄疾兩人吧。辛棄疾不免用典使事，有時還要掉掉書袋；朱敦儒則專寫純粹的白話詞：

柳枝

江南岸，柳枝；江北岸，柳枝；折送行人無盡時，恨分離，柳枝。　酒一杯，柳枝；淚雙垂，柳枝；君到長安百事違，幾時歸？柳枝。

敦儒的長調，不很寫得好，小詞則多傑作。

如夢令

一夜秋風秋雨，客恨客愁無數。我是臥雲人，悔到紅塵深處。難住，難住，拂袖青衫歸去。

相見歡

瀧州幾番清秋，許多愁！歎我等閑白了少年頭！　人間事，如何是？去來休！自是不歸，歸去有誰留？

好事近

搖首出紅塵，醒醉更無時節。活計綠蓑青笠，慣披霜衝雪。　晚來風定釣絲閑，上下是新月。千里水天一色，看孤鴻明滅。

臨江仙

生長西都逢化日，行歌不記流年。花間相過，酒家眠；乘風遊二室，弄雪過三川。　莫笑衰顏雙鬢改，自家風味依然。碧潭明月水中天。誰閑如老子，不肯作神仙。

朱敦儒一味是享受他那種瀟灑玩世的生活，他的詞自然也是那一套味兒。可是，我們的詞人，不幸生在這個大變亂時代，有時，當他想到中原淪于異族，故鄉不可復歸的時候，也不免引起他無邊的感慨來：

相見觀

金陵城上西樓，倚淸秋，萬里夕陽垂地大江流。　中原亂，簪纓散，幾時收？試倩悲風，吹淚過揚州。

桃源憶故人

西樓幾日無人到，依舊紅圍綠繞。樓下落花誰掃？不見長安道。　碧雲望斷無音耗，倚偏欄干殘照。試問淚彈多少？濕偏樓前草！

采桑子（彭浪磯）

扁舟去作江南客，旅雁孤雲，萬里煙塵，回首中原淚滿巾。　碧山對晚汀洲冷，楓葉蘆根，日落波平，愁損辭鄉去國人。

這種性質的詞在樵歌裏面誠然是不多，但很可以代表作者一個時期的作風。

敦儒的詞，曾經被許多詞論家稱讚的。黃昇花菴詞選說：『希眞京都名士，詞章擅名，天資曠遠，有神仙風致。』汪叔耕稱樵歌：『多塵外之想，雖雜以微塵，而其清氣自不可沒。』近人胡適說：『詞中之有樵歌，很像詩之有擊壤集。（邵雍的詩集）但以文學的價值而論，朱敦儒遠勝邵雍了。將他比陶潛，或更確切吧？』（詞選）

*　*　*　*

現在我們要講到南宋的白話大詞家辛棄疾。

王維國在他的人間詞話評辛棄疾說：『南宋詞人，白石（姜夔）有格而無情，劍南（陸游）有氣而乏韻，其堪與北宋人頡頏者，惟一幼安（辛棄疾）可耳。』王氏的批評，似乎還不能使我們十分滿意，辛棄疾不但是南宋第一大詞人，在全宋的詞人中，也要算最偉大的作家，豈僅『與北宋人頡頏』而已。

辛棄疾字幼安，號稼軒，濟南歷城人。生于宋高宗紹興十年（一一四〇），那時宋室已經南渡十餘年，造成偏安之局了。棄疾是在金人統治之下生長的。小時與黨懷英同學，人稱『辛黨』。後來黨留事金，棄疾則歸南。那正是他二十一歲的時候，適金主亮大敗北返，被殺，耿京在山東起兵，自稱天平節度使，節制山東河北諸軍，用棄疾掌書記，從此我們這位少年英雄的事業便開始了。有一次，一個被棄疾招撫來歸耿京的僧端義，一夕忽竊印而逃，耿京嚇得惶恐無狀，欲殺棄疾。棄疾立即限期追斬僧端義以復命。這件事獲得耿京的最大信仰。後來棄疾勸耿京歸附南宋，耿京便派他奉表歸南，不幸這時耿京忽爲其部下張安國所殺以降金，棄疾馳返海州，立即聚集舊部，夜襲金營，生擒張安國回來，戮之于市。這件事又受高宗的激賞，差他爲江陰簽判。從這時起他做了十幾年安定的官，到四十歲的時候，他已經做到湖南安撫使了。那時正湖湘盜起，聲勢浩大，孝宗命他去討撫。他依次剿殺了賴文政諸大盜。于時，棄疾便設計創設飛虎營，以屏障東南半壁。這件事經過了許多的反對，而且破壞，孝宗竟降了金字牌來阻止的詔令。棄疾乃不顧君命，以最敏捷的手段，在最短時期，招集步軍二千人，馬軍五百人，成功他的飛虎營。軍成，雄鎭一方，爲江上諸軍之冠。後來，棄疾『繪圖繳進』，孝宗也沒有話說。

他在江西做安撫使的時候，恰遇江右大饑，他也用很簡單的方法救濟了多數的民衆。朱熹稱贊他『雖只麤法，便有方略。』

他和陳同甫與朱熹都很要好，同甫是常受他接濟的。朱熹死的時候，『僞學禁方嚴，門生故舊至無送葬者。棄疾爲文往哭之曰：「所不朽者，垂萬世名。孰謂公死？

凜凜猶生！」』（宋史四百零一卷本傳）我們知道辛棄疾是充滿了英雄思想的人，雖一級一級的升做高官，但他是不願意老守着偏安的局面的，他和岳飛輩一樣的抱着恢復中原直搗黃龍的宏願，所以韓侂胄倡議伐金，他是最贊成的一個。不幸棄疾這時已經很老了，六十多歲的老頭子了，再不能去衝鋒陷陣了，只有抑鬱無聊，只有感慨生哀，只有將心頭沉痛蒼涼之感，抒之于詞。我們讀他的鷓鴣天：

壯歲旌旗擁萬夫，錦襜突騎渡江初。燕兵夜娖銀胡觮，漢箭朝飛金僕姑。　追往事，歎今吾！清風不染白髭鬚。却將萬字平戎策，換得東家種樹書。

哦！在這首詞裏面，包涵了這位老英雄多少青年回憶的哀感！可是，『春風不染白髭鬚』，老終歸是老了。棄疾死時，正是韓侂胄的北伐軍敗後，主和的人殺了韓侂胄的頭去向金人求和的那年（一二〇七），他身後的恩榮都被主張北伐的關係全被剝削了。直到宋末德祐初年，朝廷始允許謝枋得的請求，追贈少師，諡忠敏。

因爲辛棄疾是一個英雄豪邁的個性，所以他的詞也是豪放肆溢。梨莊說：『稼軒當弱宋末造，負管樂之才，不能盡展其用，一腔忠憤，無處發洩，故其悲歌慷慨抑鬱無聊之氣，一寄之于詞。』這是不錯的，辛棄疾的詞雖不必全部都是抒寫忠憤之作，但其作品，很多是追懷往事，哀感今朝的悲歌，例如：

破陣子（爲陳同甫賦壯詞以寄之）

醉裏挑燈看劍，夢回吹角連營。八百里分麾下炙，五十絃翻塞外聲：沙場秋點兵。　馬作的盧飛快，弓如霹靂弦驚。了却君王天下事，贏得生前身後名；可憐白髮生！

永遇樂（京口北固亭懷古）

千古江山，英雄無覓孫仲謀處。舞榭歌台，風流總被雨打風吹去。斜陽草樹，尋常巷陌，人道寄奴曾住。想當年，金戈鐵馬，氣吞萬里如虎。　元嘉草草，封狼居胥意，贏得倉皇北顧。四十三年，望中猶記烽火揚州路。可堪回首？佛狸祠下，一片神鴉社鼓。憑誰問：廉頗老矣，尚能飯否？

賀新郎（別茂嘉十二弟）

綠樹聽鵜鴂；更那堪，鷓鴣聲住，杜鵑聲切。啼到春歸無啼處，苦恨芳菲都歇。算未抵，人間離別。馬上琵琶關塞黑，更長門翠輦辭金闕。看燕燕，送歸妾。將軍百戰身名裂，向河梁，回頭萬里，故人長絕。易水蕭蕭西風冷，滿座衣冠似雪。正壯士悲歌未徹。啼鳥還知如許恨，料不啼清淚長啼血。誰與我，醉明月？

這裏的詞，那一首不是緬懷舊事？那一首不是感慨生哀？尤其是永遇樂的『元嘉草草，』很明顯的攻擊南宋偏安之錯誤，很坦白的說出南宋君主的昏庸，沒有以此賈禍，總算是萬幸呢。其實，辛棄疾也未嘗不知這種詞要犯侮君之罪，但當他無限哀感，無以自遣其情的時候，便不知不覺地寫下來了。

辛棄疾的長詞，當懷古的時候，往往是激揚奮厲；當抒情的時候，又往往悱惻淒苦，充滿了殉情主義的傾向：

摸魚兒

更能消，幾番風雨，匆匆春又歸去。惜春長怕花開早，何況落紅無數！春且住，見說道，天涯芳草無歸路。怨春不語，算只有殷勤畫簷蛛網，盡日惹飛絮。長門事，準擬佳期又誤。蛾眉曾有人妒；千金縱買相如賦，脈脈此情誰訴？君莫舞；君不見玉環飛燕皆塵土。閑愁最苦，休去倚危欄，斜陽正在煙柳斷腸處。

祝英台近（晚春）

寶釵分，桃葉渡，煙柳暗南浦。怕上層樓，十日九風雨。斷腸片片飛紅，都無人管；更誰勸，啼鶯聲住？ 鬢邊覷；試把花卜歸期，才簪又重數。羅帳燈昏，哽咽夢中語：『是他春帶愁來。春歸何處？却不解帶將愁去！』

沈謙說：『稼軒詞以激揚奮厲爲工，至「寶釵分，桃葉渡」一曲，昵狎溫柔，魂銷意盡，才人技倆，眞不可測！』

辛棄疾原是一個文人。他雖做了幾件英雄事業，做了高官，但他沒有功利觀念，是一個視富貴如浮名，功名如塵土的文人，是一個愛自由，愛狂放，愛浪漫的文人。他最喜歡，無拘無束，遊山遊水，什麽都不顧，什麽都不管，做一個羲皇以上的人。他這種浪漫生活態度，在他的詞裏面到處表露出來：

賀新郎

甚矣吾衰矣！悵平生交遊，只今餘幾？白髮空餘三千丈，一笑人間萬事，問何物，能令公喜？我見青山多嫵媚，料青山見我應如是。情與貌，略相似。一尊搔首東窗裏，想淵明停雲詩就，此時風味。江左沉酣求名者，豈識濁醪妙理？囘首叫，雲飛風起。不恨古人吾不見，恨古人不見吾狂耳。知我者二三子。

沁園春

盃，汝前來！老子今朝，點檢形骸：甚長年抱渴，咽如焦釜；于今喜眩，氣似奔雷。汝說，劉伶，古今達者，醉後何妨死便埋？渾如許，歎你于知己，眞少恩哉！　更憑歌舞爲媒，算合作人間鴆毒猜。況怨無大小，生于所愛；物無美惡，過則爲災。與汝成言：勿留！亟退！吾力猶能肆汝杯！盃再拜。道：「麾之即去，有召須來。」

這樣狂妄縱放的作品，不但在詞裏面稀有，在全部的中國文學裏面這種作品也是不多。我們所賞鑒的，是這種作品能夠表現作者一個活潑淋漓的個性出來。並且試用遊戲的態度來寫作品，打破了必以莊嚴的態度來創作文學的信念，讓我們知道文學的領域實在很大，可以有好多趣味不同的描寫，並不一定限于道德的範疇。棄疾的生活有那末繁複，他的詞的描寫也有那末繁複：他有英雄氣壯的詞，也有兒女情長的詞；有血和淚的詞，也有滑稽遊戲的詞；有壯烈的金戈鐵馬的詞，也有悠淡的田園即景的詞。特別是這種游戲滑稽的詞，古人似多不曾那樣去寫過。辛棄疾在這方面有最大的成功，我們且看他的寫法：

夜遊宮（苦俗客）

幾個相知可喜，才廝見，說山說水。顛倒爛熟只道是。怎奈何，一回說，一回美。有個尖新的，說底話，非名即利。說的口乾罪過你！且不罪，俺略起，去洗耳。

尋芳草（嘲陳莘叟憶內）

有得許多淚，更閑却，許多鴛被。枕頭兒，放處都不是，舊家時，怎生睡？更也沒書來，那堪被，雁兒調戲。道無書，却有書中意：排幾個，人人字。

戀繡衾

長夜偏冷，添被兒，枕頭兒移了又移。我自是，笑別人的；却原來，當局者迷。如今只恨因緣淺，也不曾抵死恨伊。合手下安排了，那筵席須有散時。

醜奴兒

少年不識愁滋味，愛上層樓，愛上層樓，為賦新詩強說愁。　而今識盡愁滋味，欲說還休；欲說還休，却道『天涼好個秋！』

又

近來愁似天來大，誰解相憐？誰解相憐？又把愁來作個天。　都將古今無情事，放在愁邊；放在愁邊，却自移家向酒泉。

從表面看，這都是些富有滑稽趣味的小詞；其實內裏所抒寫的都是眞摯的情感。許多人都贊美辛棄疾的長調，但我們讀了他的這般淸新的小詞以後，又覺得棄疾的絕妙之作，在小詞而不在長調了。

辛棄疾的文藝，無形中受陶潛詩的影響自然不少。陶潛最工田園詩，辛棄疾也很擅長於寫山水田園的詞：

淸平樂（博山道中卽事）

茅簷低小，溪上靑靑草。醉裏吳音相媚好，白髮誰家翁媼？　大兒鋤豆溪東，中兒正織雞籠。最喜小兒無賴，溪頭看剝蓮蓬。

西江月（夜行黃沙道中）

明月別枝驚鵲，清風半夜鳴蟬。稻花香裏說豐年，聽取蛙聲一片。七八個星天外，兩三點雨山前。舊時茅店社林邊，路轉溪橋忽見。

辛棄疾這枝筆眞是無施而不可的，我們看他懷古的時候，是何等悲涼；寫愁情的時候，是何等凄苦；寫滑稽的時候，又是何等的富有情趣；但在這裏却又運轉他那枝生花的妙筆，來描繪大自然界的一切風光景色了。『最喜小兒無賴，溪頭看剝蓮蓬，』眞是絕妙的田家即景；『稻花香裏說豐年，聽取蛙聲一片，』這十三個字寫盡了一個夏天的太平景象；『路轉溪橋忽見，』又是一幅絕妙的詩的畫圖展開。詞的描寫到了辛棄疾，不能不說已盡藝術之能事了。

辛棄疾之所以有如此的藝術上的造詣，這固是由于他具有特殊的文藝天才；又有繁複激盪的生活背境，但同時我們又不可忽視辛棄疾對於古文藝的研求。他不但在人格上，作風上，受陶潛的薰染極深，同時也受了五代小詞的影響，受了時代略早的白話詞人朱敦儒的影響，還受了同鄉女詞人李清照的影響。不過辛棄疾雖然受這些先進作家的影響，却不是模擬他們。有時效某人之體，略仿其作風，還是用自己的詞句，寫自己的意思，所以辛棄疾的詞，還是辛棄疾的詞。

辛棄疾作詞也不是粗率的，有時是一氣呵成，有時也十分推敲。岳珂桯史云：「辛棄疾自誦其賀新涼，永遇樂二詞，使座客指摘其失。珂謂賀新涼詞首尾二腔，語句相似；永遇樂詞，用事太多，棄疾乃自改其語，日數十易，累月猶未竟。其刻意如此！」可見棄疾的詞不是輕易產出來的。

* * * *

陸游是南宋一位最偉大的詩人。字務觀，越州山陰人。十二歲即能詩文。以蔭補登仕郎，賜進士出身。范成大帥蜀，游爲參議官。嘉泰初，詔同修國史，兼秘書監，升寶章閣待制，致仕卒。（一一二五——一二一〇）。游爲人頗浪漫不拘禮法，人譏其頹放，因自號放翁。他的詞如其爲人，例如鵲橋仙：

華燈縱博，雕鞍馳射，誰記當年豪舉？酒徒一一取封侯，獨去作江邊漁父。

輕舟八尺，低篷三扇，占斷蘋州烟雨。鏡湖原自屬閑人，又何必官家賜與！

又

一竿風月，一簑烟雨，家在釣台西住。賣魚生怕近城門，况肯到紅塵深處。潮生理櫂，潮平繫纜，潮落浩歌歸去。時人錯把比嚴光，我自是無名漁父。

陸游的小詞，很能夠將他那種飄然的疎放生活，很生動的表現出來，似乎不是別的詞家所能企及的。

長相思

橋如虹，水如空，一葉飄然烟雨中，天敎稱放翁。　側船篷，使江風，蟹舍參差漁市東，到時聞暮鐘。

點絳唇

采藥歸來，獨尋茅店沽新釀。暮烟千嶂，處處聞漁唱。　醉弄扁舟，不怕黏天浪。江湖上，這回疎放，作個閑人樣。

這樣的疎狂，自然怪不得人家要譏笑他了。不過，我們如果認定陸游只是這麼一個疎狂的獨樂主義者，那就錯了。

我們要知道陸游本來是一個有血性的男子。他生出來不久，徽欽二帝便被虜，中原之地全被金占領，宋高宗已經在南宋造成了偏安的局面了。他是看不慣這種偏安的局面的，他主張北伐，恢復中原。那時恰好韓侂胄當國，倡議伐金。陸游因爲主張上的契合，很贊助他，幷替他寫了一篇南園記。這件事許多人譏笑陸游的晚節失修，其實，却不知道他是抱了恢復中原的宏願去歸附韓侂胄的。從陸游的晚年詞裏，還很清楚的可以看出作者心頭的抱負出來：

夜遊宮（記夢）

雪曉淸笳亂起，夢游處不知何地。鐵騎無聲望似水。想關河，雁門西，靑海際。

睡覺寒燈裏，漏聲斷，月斜窗紙。自許封侯在萬里。有誰知？鬢雖殘，心未死！

訴衷情

當年萬里覓封侯，匹馬戍梁州。關河夢斷何處，塵暗舊貂裘。　胡未滅，鬢先秋，淚空流。此生誰料，心在天山，身老滄洲。

雙頭蓮（呈范至能待制）

華髮星星，驚壯志成虛，此身如寄。蕭條病驥，向暗裏消盡當年豪氣。夢斷故國山川，隔重重烟水，身萬里。舊社凋零，青門俊遊誰記？　盡道錦里繁華，歎官閑晝永，柴荆添睡，清愁自醉。念此際，付與何人心事？縱有楚柁吳檣，知何時東逝？空悵望鱠美菰香，秋風又起。

作者本是想做一番英雄事業的人，但沒有機會去試用，只看着『酒徒一一取封侯』，他便變了一個江湖間的閑散人，去過頹放的生涯了。但他的心頭却仍然是熱烈的。我們讀他的這些詞，悲歌感慨，令人擊節。到了晚年，一切的夢都空了，回想少年時代的事總是異常的難堪：

鵲橋仙(夜聞杜鵑)

茅簷人靜，蓬窗燈暗，春晚連江風雨。林鶯巢燕總無聲，但月夜常啼杜宇。

催成淸淚，驚殘孤夢，又揀深枝飛去。故山猶自不堪聽，況半世飄然羈旅。

這時我們放浪的詩人，也感覺飄泊生活的悲傷了。同時還有一件事，也永遠使他不能抱住樂天主義的夢的，便是他少年時代有一段愛情上失意的創痕。事情是這樣的：他初娶表妹唐氏爲妻，愛情甚篤，但不喜于其姑，竟出之。陸游爲了此事悒鬱終身。到了晚年，還是『猶吊遺蹤一悵然』，他好些詞是抒寫這方面的悲哀的：

釵頭鳳

紅酥手，黃縢酒，滿城春色宮牆柳。東風惡，歡情薄。一懷愁緒，幾年離索。

錯錯錯！春如舊，人空瘦，淚痕紅浥鮫綃透。桃花落，閑池閣，山盟雖在，錦書難託。莫莫莫！

上西樓

江頭綠暗紅稀，燕交飛。忽到當年行處，恨依依。灑清淚，歎人事，與心違。滿酌玉壺花露，送春歸。

陸游的詞具有壯美與優美的兩種境界，故楊愼詞品稱其『纖麗處似淮海，雄快處似東坡』；劉克莊後村詩話也稱他：『其激昂感慨者，稼軒不能過；飄逸高妙者，與陳簡齋朱希眞相頡頏；流麗綿密者，欲出晏叔原賀方回之上。』這都是平允之論。

* * * *

劉過字改之，號龍洲道人，襄陽人。（或說是太和人，或說是新昌人）。他也是極力主張北伐的人，曾上書請光宗過宮，並致書宰相陳恢復方略。不用。乃放浪湖海，嘯傲自適。宋子虛稱他爲天下奇男子。他沒有做過什麼大官，他的生年卒月都不可考。岳珂桯史稱其『以詩鳴江西』。可惜他的詩不傳，因此劉過在文學史上便成爲一個純粹的詞人了。

他是一個辛派的詞人。黃昇花菴詞選說：『改之，稼軒之客，詞多壯語，蓋學稼軒者也』。劉過本是很崇拜辛棄疾的，至有『古豈無人，可以似吾稼軒者誰』之語。但我們要知道，辛劉都是所謂慷慨悲歌之士，他們以道義相結合；雖然時相酬唱，似不能便說劉過的詞係學辛棄疾。不過，因爲他們都是豪邁的性情，所以詞的作風自然地有了共同的趨向。紀的四庫全書提要也說劉過詞『雖跌宕淋漓，實未嘗全作辛體』。他的詞有一首寄辛棄疾的沁園春是最值得我們注意的：

斗酒彘肩，風雨渡江，豈不快哉！被香山居士，約林和靖與坡仙老駕勤吾回。坡謂西湖正如西子，濃抹淡妝臨照台。二公者皆掉頭不顧，只管傳杯。白云『天竺去來，圖畫裏，崢嶸樓閣開。愛縱橫二澗，東西水遶；兩峯南北，高下雲堆』。逋曰不然。暗香浮動，不若孤山先訪梅。須晴去訪稼軒未晚，且此徘徊。

這首詞岳珂譏其『白日見鬼』，本不算一首很好的詞，但由此可以看出劉過作詞的『自然放肆』的精神，不受絲毫拘束的精神。他那樣淋漓奔放的才氣，決不是模擬底下討生活的，什麼規律都不能縛住他。且舉他一首六州歌頭作例：

鎮長淮，一都會，古揚州。昇平日，朱簾十里，春風小紅樓。誰知艱難去，邊塵暗，胡馬擾，笙歌散，衣冠渡，使人愁！屈指細思：血戰何成事？萬戶封侯！但瓊花無恙，開落幾經秋。故壘荒坵似含羞！ 悵望金陵宅，丹陽郡，山不斷綢繆。興亡夢，榮枯淚，水東流，甚時休？野灶炊烟裏，依然是宿貔貅。歎燈火，今蕭索，尙淹留。莫上醉翁亭，看濛濛雨，楊柳絲柔。笑書生無用，富貴拙身，謀騎鶴來游。

這是一首感慨很深的長詞。往下，且看他的小詞：

唐多令（重過武昌）

蘆葉滿汀洲，寒沙帶淺流。二十年重過南樓。柳下繫船猶未穩，能幾日，又中秋。 黃鶴斷磯頭，故人曾到否？舊江山渾是新愁。欲買桂花同載酒，終不似，少年游。

長相思

燕高飛，燕低飛，正是黃梅青杏時，榴花開滿枝。　夢歸期，數歸期，想見畫樓天四垂，有人攢黛眉。

天仙子（初赴省別妾于三十里頭）

別酒醺醺渾易醉，回過頭來三十里。馬兒不住去如飛，牽一憩，坐一憩，斷送煞人山與水。　是則是功名終可喜，不道恩情拚得未？雲迷村店酒旗斜。去也是？住也是？煩惱自家煩惱你！

醉太平

情高意眞，眉長鬢青。小樓明月調箏，寫春風數聲。　思君憶君，魂牽夢縈。翠銷香暖雲屏，更那堪酒醒！

劉過的詞也和辛棄疾一樣，有悲壯和飄逸的兩種境界，但均不能造其極，所以終究是第二流的詞人。

* * * *

劉克莊也是南宋一個有名的詩家。字潛夫，號後村，福建蒲田人。克莊少時即負文名，以陰仕。因做梅花詩被劾免官，閑居了好些年數。故他的詞有『老子平生無他過，為梅花受取風流罪』之句。

後來理宗很激賞他文學，賜他同進士出身，除秘書少監，命與尤焴同任史事。此後知遇日隆，官至龍圖閣直學士。他活了八十三歲才死，他的兩隻眼睛早瞎了。（一一八七——一二六九）

克莊也是一位志切恢復中原的英雄，他的詞如：『兩河蕭瑟惟狐兔，問當年祖生去後，有人來否？多少新亭揮淚客，誰夢中原塊土。算事業須由人做！應笑書生心膽怯，向車中閉置如新婦，空目送，塞鴻去。』（賀新涼後半闋）很可以看出劉克莊的壯志。

終于英雄事業沒有如願，我們的詞人很快的老了，這時只有拿詞詩來消磨他的晚年。我們讀過他的後村別調，很知道此老也愛寫曼艷的小詞，閑情正不淺呢。

清平樂（贈陳參議師文侍兒）

宮腰束素，只怕能輕舉。好築避風臺護取，莫遣驚鴻飛去。一團香玉溫柔，笑顰俱有風流。貪與蕭郎眉語，不知舞錯伊州。

卜算子（海棠爲風雨所損）

片片蝶衣輕，點點猩紅小。道是天公不惜花，百種千般巧。朝見樹頭繁，暮見樹頭少。道是天公果惜花，雨洗風吹了。

長相思（寄遠）

朝有時，暮有時，潮水猶知日兩回，人生長別離！來有時，去有時，燕子猶知社後歸，君行無定期！

又（贈品）

風蕭蕭，雨蕭蕭，相送津亭折柳條，春愁不自聊！煙迢迢，水迢迢，準擬江邊駐畫橈，舟人頻報潮。

憶秦娥（暮春）

游人絕，綠陰滿野芳菲歇。芳菲歇，養蠶天氣，采茶時節。　枝頭杜宇啼成血，陌頭楊柳吹雪。吹成成雪，淡烟微雨，江南三月。

劉克莊的詞和辛棄疾劉過一樣有『掉書袋』的毛病，——限于長詞——同時，他的詞也和辛劉一樣把自己浪漫頹放的態度，很率眞的表現出來：

一剪梅（余赴廣東，實之夜餞于風亭）

束縕宵行十里强，挑得詩囊，抛了衣囊。天寒路滑馬蹄僵，元是王郎，來送劉郎。　酒酣耳熱說文章，驚倒鄰牆，推倒胡床。旁觀拍手笑疏狂。疏又何妨？狂又何妨？

又（袁州解印）

陌上行人怪府公，還是詩窮？還是文窮？下車上馬太匆匆，來是春風，去是秋風。　階銜免得帶兵農，嬉到昏鐘，睡到齋鐘。不消提獄與知宮，喚作山翁，喚作溪翁。

長相思

勸一杯，復一杯，短鍤相隨死便埋，英雄安在哉？　眉不開，懷不開，幸有江邊舊釣台，拂衣歸去來。

論者謂劉克莊詞：『直致近俗，乃效稼軒而不及者』，（張炎樂府指迷語）此語殊屬非是。劉克莊詞的造詣，或許沒有辛棄疾的偉大，但他的詞自有他的生命，爲南宋一大詞家，不能說是辛棄疾的模擬者，雖然他的作風很有辛詞的風味。

* * * *

朱淑貞爲宋代有名的女作家之一。他的生世不甚可攷，有說是海甯人；有說是錢塘人，世居姚村。歷代詞人姓氏稱其與魏夫人爲詞友（魏夫人乃北宋丞相曾布妻，周況頤蕙風詞話因此推論她是北宋人）但據其斷腸集紀略，則說淑貞是朱熹的姪女，這也似乎不確。（四庫全書提要謂：『朱子自爲新安人，流寓閩中。考年譜世系，亦別無兄弟，著籍海甯。』）

她自號幽棲居士，嫁與市儈爲妻，『匹偶非倫，弗遂素志』。著有斷腸集十卷。詩甚佳，其詞尤美：

生查子（元夕——此詞亦見歐陽修集）

去年元夜時，花市燈如畫。月上柳梢頭，人約黃昏後。 今年元夜時，月與燈依舊。不見去年人，淚濕春衫袖。

清平樂

惱烟撩露，留我須臾去。携手藕花湖上路，一霎黃梅細雨。 嬌癡不怕人猜，和人睡倒人懷。最是分携時候，歸來懶傍妝台。

這樣曼艷的詞，在斷腸集裏面應該說是例外。朱淑貞大部份的詞都是悲涼淒苦的調子：

蝶戀花（送春）

樓外垂楊千萬縷，欲繫青春，少住春還去。猶自風前飄柳絮，隨春且看歸何處？ 滿目山川聞杜宇，便做無情，莫也愁人意。把酒送春春不語，黃昏却下瀟瀟雨。

眼兒媚（春怨）

遲遲風日弄輕柔，花徑暗香流。清明過了，不堪回首，雲鎖朱樓。 午牕睡起鶯聲巧，何處喚春愁？綠楊影裏，海棠亭畔，紅杏梢頭。

浣溪紗（春夜）

玉體金釵一樣嬌，背燈初解繡裙腰，衾寒枕冷夜香銷。 深院重關春寂寂，落花和雨夜迢迢，恨情和夢更無聊！

謁金門

春已半，觸目此情無限。十二闌干閑倚徧，愁來天不管。 好是風和日暖，輸與鶯鶯燕燕。滿院落花簾不捲，斷腸芳草遠。

宋代的女作家，除開了李淸照，要算朱淑貞是第一個了。但朱熹說：『本朝婦人能文者，唯魏夫人及李易安』，而不提及朱淑貞。大約朱淑貞在當代文名不甚著，所以連生世也難查考了。

三　南宋的樂府詞

樂府詞家吳文英說：『音律欲其協，否則長短句耳；下字欲其雅，否則纏令體耳。』這幾句話把樂府詞的要點完全說出來了。樂府詞有兩個特徵：其一，是能協樂叶律，聽起來很好聽，其二，是字面很美，看起來很好看。樂府詞的好處在這裏，壞處也在這裏。

本來詞有內外二義：在外的意義，是考究形式的美，注重音律與字面；在內的意義，是考究內容的充實，注重情感與意境。這二者是很難完全兼顧的。如果要絕對的表現情感與意境，就不能十分顧及音律與字面；如果要十分注重音律與字面，就不能不犧牲情感與意境。詩人的詞，只求表現情感與意境的美；樂府家的詞只求完成音律與字面的美。用文學的眼光看來，樂府詞最大的缺點，就是沒有內容，情感與意境都不能在樂府詞裏面充分地表現出來。

南宋注重內容的白話詞，已經在前面敍述過；這裏讓我們來講南宋的樂府詞吧。南宋的樂府詞是怎樣起來？這倒是要追究的。談到這個問題，不能不先講講這時南宋的局面。我們知道自從韓侂冑伏誅後，主張北伐的人，都貶的貶了，死的死了，再沒有人敢倡恢復中原之議了。與金和議成後，南宋偏安之局于以大定。在這個偏安既定的局面之下，健忘的南宋人，把『不共戴天之仇』都忘却了，士大夫們又來據『洪爐而高歌』了，一般文人詞客又拿詞來作笙歌燕樂的工具了。詞既然跟着笙歌燕樂跑，樂府詞自然要發展起來。樂府詞發展以後，我們祇念着詞調的鏗鏘，看着字句的華美；不僅南渡詞人那種悲涼感慨的作風失掉了，就是寫兒女之情也寫不好了。可是，十三世紀的中國詞壇，（宋甯宗初年至南宋末年）却完全是這種樂府詞的風氣支配着姜夔是南宋樂府詞的領導者。

夔字堯章，鄱陽人。（或以爲德興人）幼時，隨他的父親居古沔甚久。其後學詩于蕭千巖，因寓吳興。與白石洞爲鄰，自號白石道人，又號石帚。曾上書乞正太常雅樂。後因秦檜當國，卽隱居箬坑之千山不仕。嘯傲山水，往來湖湘淮左，與范石湖楊萬里諸人相爲吟咏酬唱。他的詩做得很好，楊萬里稱爲詩壇的先鋒。他又精通音樂，嘗作自度腔。他生平沒有做過官，卽以音樂與詩詞自遣。嘗有詩云：

自作新詞韻最嬌，小紅低唱我吹簫。曲終過盡松林路，回首烟波十四橋。

小紅者范石湖之婢，有色藝。姜夔爲石湖製暗香，疏影二詞，石湖卽以小紅爲贈。姜夔每自製新詞，卽自吹簫，小虹輒歌而和之，晚年，他帶着小紅遊遍江南諸勝地。以疾卒于蘇州（或云西湖）。

姜夔一生的生活是這樣閑適而富有詩意。他的詞在當代最負盛名，只因過于雕琢，有時反不如他的詩，例如他的雪後夜過垂虹橋詩云：

笠澤茫茫雁影微，玉峯重疊護雲衣。長橋寂寞春寒夜，只有詩人一舸歸！

這首詩是紹熙辛亥除夕做的，過了五年，他又當着冬天的雪夜過垂虹橋，因賦慶宮春詞：

雙槳蓴波，一簑松雨，暮愁漸滿空闊。呼我盟鷗，翩翩欲下，背人還過木末。那回歸去，蕩雲雪孤舟夜發。傷心重見，依約眉山，黛痕低壓。采香徑裏春寒，老子婆娑，自歌誰答？垂虹西望，飄然引去，此興難遏。酒醒波遠，正凝想明璫素韈，如今安在？惟有闌干，伴人一霎。

這是在同樣境地做的詩和詞，而且據姜夔說他的這首詞是『過旬塗稿乃定』的作品，可是詞仍不如詩。

姜夔的詞有兩類：一類是塡詞，一類是自度曲。他的塡詞，既束縛于文字，又束縛于音律，能讀的作品很少，勉強選出幾首作例：

鷓鴣天

巷陌風光縱賞時，籠紗未出馬先嘶。白頭居士無呵殿，只有乘舟小女隨。 花滿市，月侵衣，少年情事老來悲。沙河塘上春寒淺，春了游人緩緩歸。

醉吟商小品

又正是春歸，細柳暗黃千縷。暮雅啼處，夢逐金鞍去。一點芳心休訴，琵琶解語。

齊天樂（詠蟋蟀）

庾郎先自吟愁賦，淒淒更聞私語。露溼銅鋪，苔侵石井，都是曾聽伊處。哀音似訴。正思婦無眠，起尋機杼。曲曲屏山，夜涼獨自甚情緒？ 西窗又吹暗雨，為誰頻斷續？相和砧杵。候館吟秋，離宮弔月，別有傷心無數。豳詩漫與。笑籬落呼燈，世間兒女。寫入琴絲，一聲聲更苦！

齊天樂一詞已嫌過于雕刻了。

姜夔的自度曲以暗香疎影二詞爲最負盛名，張炎至稱爲「前無古人，後無來者」的絕唱。但在我們看來，這兩首詞只一味用典使事，沒有內容，似乎不能代表姜夔的藝術的優點。我們不妨另選作者的幾首自度曲來作例：

淡黃柳（客居合肥南城赤闌橋之西，巷陌淒涼，與江左異。唯柳色夾道，依依可憐。因度此闋，以紓客懷。）

空城曉角，吹入垂楊陌。馬上單衣寒惻惻。看盡鵝黃嫩綠，都是江南舊相識。正岑寂，明朝又寒食。强攜酒小喬宅。怕梨花落盡成秋色。燕燕飛來，問春何在？唯有池塘自碧。

揚州慢（淳熙丙申至日，予過維揚。夜雪初霽，薺麥彌望。入其城則四顧蕭條，寒水自碧。暮色漸起，戍歌悲吟。予懷愴然，感慨今昔，因度此曲。千巖老人以爲有黍離之悲也。）

淮左名都，竹西佳處，解鞍少駐初程。過春風十里，盡薺麥青青。自胡馬窺江去後，廢池喬木，猶厭言兵。漸黃昏，清角吹寒，都在空城。 杜郎俊賞，算如今，重到須驚。縱荳蔻詞工，青樓夢好，難賦深情。二十四橋仍在，波心蕩，冷月無聲。念橋邊紅藥，年年知為誰生？

長亭怨慢（余頗喜自製曲，初率意為長短句，然後協以律。故前後闋多不同。桓大司馬云：「昔年種柳，依依漢南，今看搖落，悽愴江潭。樹猶如此，人何以堪！」此語予深愛之。）

漸吹盡，枝頭香絮。是處人家，綠深門戶。遠浦縈迴，暮帆零亂，向何許？閱人多矣，誰得似，長亭樹？樹若有情時，不會得青青如此！ 日暮，望高城不見，只見亂山無數。韋郎去也，怎忘得，玉環分付：第一是早早歸來，怕紅萼，無人為主。算只有并刀，難剪離愁千縷。

姜夔自度曲的好處，是能夠不束縛于音律。（作者自云「初率意為長短句，然後協以律。』壞處是文字方面仍不免雕刻太甚。而且他的小序也是一種小小的毛病。周濟論詞雜著說：『白石好為小序，序即是詞，詞仍是序。反覆再觀，如同嚼蠟矣。』

姜夔的詞譽，向來是很高的，稱道他的人很多：范石湖說：『白石有裁雲縫月之妙手，敲金戛玉之奇聲。』黃昇說：『詞宜清空，不要質實。姜白石如野雲孤飛，去留無跡』。朱彝尊說：『詞人言詞，必稱北宋。然詞至南宋，始極其至。姜堯章氏最為傑出。』宋翔鳳說：『詞家之有姜石帚，猶詩家之有杜少陵。』王國維說：『古今詞人格調之高，莫如白石。』我們看了這些過于誇張的贊美，實在不能滿意。平心而論，姜夔的詞有他的好處，也有他的壞處。好處有二：第一是格調高；因為姜夔詞主『清空』，『清空』則能『古雅峭拔』，故格調甚高。第二是用事巧妙；如疏影詞的『昭君不慣胡沙遠，但暗憶江南江北，想佩環月下歸來，化作此花幽獨』。係用少陵詩。『猶記深宮舊事，那人正睡着飛近蛾綠』，係用壽陵事。皆『用事不為所使』。（張炎的話）這都是姜詞的好處。可是，這些好處並沒有重大的意義。作詞最大的目的，自然不是專門講究格調就好了，也不是把字面弄得很美的就對了，是要求描寫的深刻有力，能夠把作者的情感與意境逼眞地表現出來。正因爲姜夔的詞專門講格調，主『清空』，如『野雲孤飛』，完全不落實際，沒有具體的象徵，故描寫不深入，不逼眞。如暗香疏影那種作品，明明是詠梅花，却沒有一句道着梅花，我們讀了如『霧裏看花』一樣，是調雖高而詞斯下矣。至于喜歡用典使事，適以暴露作者才氣之短，更不是我們所願意稱道的了。

姜夔在當代旣負很高的詞譽，其影響自然亦很大的。朱彝尊說：『詞莫善于姜夔，宗之者張輯，盧祖皐，史達祖，吳文英，蔣捷，王沂孫，張炎，周密，陳允平，張翥，楊基，皆具夔之一體。基之後，得其門者寡矣。』照這樣看來，在姜氏還沒有起來以前，南宋詞壇是辛棄疾爲盟主；及姜夔的詞負盛以後，他便繼着辛棄疾而主盟後半期的南宋詞壇了。自此以後至於南宋末年，完全是樂府詞的時代了。

* * * *

紀的四庫全書提要說：「詞首鄱陽姜夔，句琢字鍊，始歸醇雅。而達祖觀國為之羽翼。」現在，讓我們來敘述姜夔的羽翼高觀國史達祖的詞吧。

高觀國字賓王，山陰人，有竹屋癡語一卷。他的詞雖屬姜派，而自有其清新獨立的風格。例如：

卜算子

屈指數春來，彈指驚春去。檐外蛛絲網落花，也要留春住。　幾日喜春晴，幾夜愁春雨。十二雕窗六曲屏，題徧傷春句。

菩薩蠻

春風吹綠湖邊草，春光依舊湖邊道。玉勒錦障泥，少年遊冶時。　烟明花似繡，且醉旗亭酒。斜日照花西，歸鴉花外啼。

清平樂

春蕪雨溼，燕子低飛急。雲壓前山羣翠失，烟水滿湖輕碧。　小蓮相見灣頭，清寒不到青樓。請上琵琶絃索，今朝破得春愁。

杏花天

露烟消處寒猶嫩，乍門巷愔愔晝永。池塘芳草魂初醒，秀句吟春未穩。仙源阻，春風瘦損。又燕子，來無芳信。小桃也自知人恨，滿面羞紅難禁。

觀國作詞不十分刻畫，也不似姜夔那樣用勁去使事，所以他的小詞往往清新可愛。詞之佳者，雖姜夔亦不能勝。其詞名不及姜氏，與史達祖齊名，時稱『高史』。

史達祖字邦卿，號梅溪，汴人。生約當紹興末年，死于開禧末年。少舉進士不第。韓侂胄當國時，達祖做他的省吏。擬旨擬帖，俱出其手。曾隨李壁使金。韓侂胄伏誅後，達祖被黥死。（據葉少翁四朝聞見錄）達祖有梅溪詞一卷。他與高觀國唱和甚多。陳造批評他倆說『竹屋梅溪詞，要是不經人道語，其妙處，少游美成不及也』。其實他倆雖然齊名，作風却絕不相同。我們且往下讀史達祖的詞：

西江月

西月澹窺樓角，東風暗落簷牙。一燈初見影紗窗，又是重簾不下。　幽思屢隨芳草，閑愁多似楊花。楊花芳草遍天涯，綉被春寒夜夜。

釵頭鳳（寒食飲綠亭）

春愁遠，春夢亂，鳳釵一股輕塵滿。江烟白，江波碧，柳戶清明，燕簾寒食，憶憶憶！　鶯聲曉，簫聲短，落花不許春拘管。新相識，休相失。翠陌吹衣，畫樓橫笛，得得得！

玉樓春（賦梨花）

玉容寂寞誰爲主，寒食心情愁幾許。前身清淡似梅妝，遙夜依微留月住。　香迷蝴蝶飛時路，雪在秋千來往處。黃昏著了素衣裳，深閉重門聽夜雨。

作者的詠物詞是很負盛名的，張炎最贊美他的東風第一枝（咏雪）和雙雙燕（咏燕）二詞，謂其『全章精粹，不留滯于物。』我們且舉雙雙燕詞作例：

雙雙燕（詠燕）

過春社了，度簾幙中間，去年塵冷。差池欲住，試入舊巢相幷。還相雕梁藻井，又軟語商量不定。飄然快拂花梢，翠尾分開紅影。 芳徑芹泥雨潤，愛貼地爭飛，競誇輕俊。紅樓歸晚，看足柳昏花暝。應是棲香正穩，便忘了天涯芳信。愁損翠黛雙蛾，日日畫欄獨凭。

姜夔稱史達祖的詞：『奇秀淸逸，有李長吉之韻，蓋能融情景于一家，會句意于兩得。』張鎡題梅溪詞云：『有壞奇警邁淸新閑婉之長，而無訑蕩汚淫之失，端可分鑣淸眞，平睨方回；而紛紛三變輩，幾不足比數！』這種批評未免太誇張了。周濟說：『梅溪喜用「偸」字，品格便不高。』這又未免過于吹毛求疵了。平心而論，史達祖爲人雖不足取，詞的格調也不高，然才華瞻麗，工于描繪，不能不算南宋一作手。

* * * *

吳文英是姜派詞人中的健將。

文英字君特，號夢窗，四明人。其生平事跡不甚可考。嘗從姜夔遊，他的詞亦宗姜氏。尹惟曉序他的詞說：『求詞于吾宋，前有淸眞，後有夢窗。此非予之言，四海之公言也。』可見文英的詞在當代已很有名了。他的作品最豐富；流傳下來的有夢窗甲乙丙丁稿四卷。所作詞專門用典使事，所以沈伯時批評他：『用事下語太晦處，人不易知。』在夢窗詞裏面的長調，沒有一首是可讀的；只間有小詞，脫下了古典的衣裳，淸蔚可誦：

玉樓春（京市舞女）

茸茸狸帽遮梅額，金蟬羅剪胡衫窄。乘肩爭看小腰身，倦態强隨閑鼓笛。問稱家住城東陌，欲買千金應不惜。歸來困頓殢春眠，猶夢婆娑斜趁拍。

唐多令

何處合成愁，離人心上秋。縱芭蕉不雨也颼颼。都道晚涼天氣好，有明月，怕登樓。　年事夢中休，花空烟水流。燕辭歸，客尙淹留。垂柳不縈裙帶住，漫長是，繫行舟。

這類的詞在吳文英的詞集裏面，簡直是鳳毛麟角。他最喜歡作長調。在他的長調裏面，往往只顧用典與使事的湊巧，東說一件事，西又說一件事，全不顧及詞意的脈絡線索，至于令讀者神昏目眩，莫知所云。周濟還贊美他說：『夢窗詞之佳者，天光雲影，搖蕩綠波；撫玩無斁，追尋已遠。』這簡直是荒謬絕倫的批評了。關于吳文英的詞，張炎有幾句話說得最好：『夢窗如七寶樓臺，眩人眼目，拆碎下來不成片段』。嚴格說起來，姜派詞人的詞，多半是拆碎下來，難成片段的，但以吳文英陷溺最深，他的作品最不能表現情感和意境。我們說他是姜派的健將，但他却將姜派詞的缺點暴露無遺了。所以同派的張炎也毫不客氣的反對他的作品。

四　晚宋詞壇

宋詞到了晚宋，猶之乎唐詩到了晚唐。唐詩經過盛唐詩人的發揚光大，經過中唐詩人的開拓變遷，到了晚唐的詩人找不着出路了，便走上專門賣弄文字的技巧的路上去了，便形成晚唐『形式上的唯美主義』的作風了。宋詞也是一樣，經過北宋詞人的發揚光大，經過南渡詞人的開拓變遷，到了南宋偏安之局大定（公元一二〇七年韓侂胄伏誅，與金議和成功）以後的詞人——姜夔吳文英這一般詞人——找不着詞的出路了，又漸漸走上賣弄文字的技巧的路上去了，到了晚宋便完全變成『形式上的唯美主義』的詞壇，如晚唐詩一樣。

『形式上的唯美主義』最注重的自然是文字的技巧，詞的字面必須特別使其美麗，這是姜夔吳文英輩的詞倡導起來的風氣。到了宋末，這種靡艷的風氣巳普遍于詞壇了。我們只要看晚宋那些詞人的作集，題名都是很考究，如王沂孫的花外集（一名碧山樂府），周密的蘋洲漁笛譜，陳允平的日湖漁唱，張炎的山中白雲詞，都是些很美麗的題目。他們的作品完全是表現文字的美。

此外音律的諧協，也是唯美派的晚宋詞人所沒有忽視的。張炎在他的詞源裏面說他的父親曾賦瑞鶴仙，有『粉蝶兒撲定花心不去，閑了尋香兩翅』之句，『撲』字不協，改爲『守』字，乃協；他又有『鎖窗深』之句，『深』字不協，改爲『幽』字，又不協，再改『明』乃協。據我們看，改是改得協律了，但意義却相差萬里了。因爲晚宋詞人，多半是直接地或間接地薰染着姜夔吳文英輩的影響，以爲離開了樂府便沒有詞，只有樂府詞才算詞，所以那樣的注重音律的諧協，而忽視詞的情感與意境。

單就形式的美一方面說，（包括文字的音律的美與字面的美二者而言）晚宋的詞是值得我們欣賞的。往下我們且分別來介紹晚宋詞人及其詞。

* * * *

王沂孫字聖與，號碧山，又號中仙，會稽人。宋亡後，仕于元，爲慶元路學正。他的詞很爲後人所稱說，周濟論詞雜著說：『中仙最多故國之感，故著力不多，天分高絕，所謂意能尊體者也。』張惠言則稱他的詠物詞『有君國之憂』。例如：

高陽台

殘雪庭陰，輕寒簾影，霏霏玉管春葭。小帖金泥，不知春在誰家。相思一夜窗前夢，奈個人水隔天遮。但淒然滿樹幽香，滿地橫斜。　江南自是離愁苦，況遊驄古道，歸雁平沙。怎得銀箋，殷勤與說年華。如今處處生芳草，縱憑高不見天涯。便消他幾度東風，幾度飛花。

作者身遭亡國之痛，自然免不掉悲傷之感。但在碧山樂府裏面有「君國之憂」的作品，實在不多。他的詠物詞尤其與「故國之感」毫不相涉，至多我們只能夠指出他高陽臺這一類的作品有些兒感慨，但感慨也是很稀薄的。如摸魚兒，不但沒有一點感慨，而且是寫花柳的閑情，却寫得很好：

洗芳林夜來風雨，匆匆還送春去。方纔送得春歸了，那又送君南浦。君聽取，怕此際春歸也過吳中路。君行到處，便快折湖邊千條翠柳，為我繫春住。　春還住，休索吟春伴侶。殘花今已塵土。姑蘇台下煙波遠，西子近來何許？能喚否？又恐怕殘春到了無憑據。煩君妙語，更為我將春，連花帶柳，寫入翠箋句。

王沂孫是在元朝做過官的，他的詞自然不會一概是「故國之感」，我們更不能拿「多故國之感」的話來贊美他的詞。

* * * *

蔣捷字勝欲，宜興人。（或作陽羨人）德祐年間舉進士。宋亡之後，他遁跡不仕，住竹山，人稱爲竹山先生。有竹山詞。

在晚宋詞人中，蔣捷要算是最能超脫的一個，他雖然被稱爲姜派的詞人，但他的詞能不爲文字與音律所拘束，自由肆放，頗有辛棄疾的精神。如沁園春的「結算平生風流債，請一筆勾，蓋攻性之兵，花園錦陣；毒身之鴆，笑齒歌喉，」又如賀新郎的「據我看來何所似，一似韓家五鬼，又一似楊家瘋子」，這些例子誠然是好笑，却可以看出作者的文字有一種不可羈絆的肆溢精神。我們不妨另舉幾首能夠代表作者的藝術的詞作例。

虞美人

少年聽雨歌樓上，紅燭昏羅帳。壯年聽雨客舟中，江闊雲低，斷雁叫西風。而今聽雨僧廬下，鬢已星星也。悲歡離合總無情，一任階前點滴到天明。

解佩令（春）

春晴也好，春陰也好，著些兒春雨越好。春雨如絲，繡去花枝紅裊，怎禁他孟婆合皁？梅花風小，杏花風小，海棠風驀地寒峭。歲歲春光，被二十四風吹老。楝花風爾且慢到。

一剪梅（舟過吳江）

一片春愁待酒澆，江上舟搖，樓上簾招。秋娘渡與泰娘橋，風又飄飄，雨又蕭蕭。何日歸家洗客袍，銀字笙調，心字香燒。流光容易把人拋，紅了櫻桃，綠了芭蕉。

毛晉稱竹山詞『語語纖巧，眞世說靡也，字字妍倩，眞六朝隃也。』紀昀亦稱：『其詞練字精深，調音諧暢，爲倚聲家之榘矱。」這種批評，還是就姜派的眼光來讚美蔣捷，似乎沒有了解蔣捷詞的眞價値。不過蔣捷也不是沒有近乎婉約小巧的詞：

霜天曉角

人影窗紗，是誰來折花？折則從他折去，知折去，向誰家？ 檐牙枝最佳，折時高折些。說與折花人道：須插向，鬢邊斜。

虞美人（梳樓）

絲絲楊柳絲絲雨，春在溟濛處。樓兒忒小不藏愁，幾度和雲飛去覓歸舟。 天憐客子鄉關遠，借與花消遣。海棠紅近綠闌干，纔捲朱簾卻又晚風寒。

無論是寫近豪放的詞，或是近婉約的詞，蔣捷寫來總是明白曉暢，不會流于晦澀難解，這也是和晚宋人詞不同的地方。

* * * *

周密字公謹，號草窗，濟南人，流寓吳興，居弁山，自號弁陽嘯翁，又號蕭齋，又號四水潛夫。(一二三二——一三〇八)。他曾仕宋爲義烏縣令，宋亡後，與王沂孫，王易簡，馮應瑞，唐藝孫，呂同老，李彭老，陳恕可，唐珏，趙汝鈉，李居仁，張炎，仇遠等，結爲詞社。著有樂府補題。其詞與吳文英齊名，合稱二窗詞。

他的詞很着力模仿姜夔，他的長調很中了姜夔的毒。拿他來與吳文英並稱，眞是再恰當也沒有。倒是他的小詞，很有些值得我們稱道的：

四字令(擬花間)

眉消睡黃，春凝淚妝，玉屏水暖微香，聽蜂兒打窗。　箏塵半妝，綃痕半方，愁心欲訴垂楊，奈飛紅正忙。

鷓鴣天(清明)

燕子時時度翠簾，柳寒猶未褪香綿。落花門巷家家雨，新火樓台處處煙。情默默，恨懨懨，東風吹動畫秋千。刺桐開盡鶯聲老，無奈春風只醉眠。

眼兒媚

飛絲半溼惹歸雲，愁裏又聞鶯。淡月秋千，落花庭院，幾度黃昏。 十年一夢揚州路，空有少年心。不分不曉，懨懨默默，一段傷春。

清平樂

晚鶯嬌咽，庭戶溶溶月。一樹湘桃飛茜雪，紅豆相思漸結。 看看芳草平沙，游韉猶未歸家，自是蕭郎漂泊，錯教人恨楊花！

周濟評周密的詞說：『公謹只是詞人，頗有名心，未能自克，雖才情詣力，色色絕人，終不能超然遐舉。』

* * * *

陳允平字君衡，一字衡仲，號西麓，四明人。他的生平事蹟不可考。其詞有日湖漁唱與西麓繼周集。西麓繼周集完全是和周邦彥的淸眞詞，毫無可取的作品，日湖漁唱裏也有不少可厭的『壽』詞。現在，我們只選出幾首能夠代表作者的詞作例：

謁金門

春欲去，無計得留春住。縱着天涯渾柳絮，春歸還有路。　恨煞多情杜宇，愁煞無情風雨。春自悠悠人自苦，鶯花誰是主？

唐多令(秋暮有感)

休去采芙蓉，秋江煙水空。帶斜陽一片征鴻。欲頓閑愁無頓處，都著在兩眉峯。心事寄題紅，畫橋流水東。斷腸人無奈秋濃。回首層樓歸去懶，早新月，掛梧桐。

一落索

欲寄相思情苦，倩紅流去淚花。寫不盡些懷，都化作無情雨。　渺渺暮雲春樹，澹烟橫素。夕陽西下，杜鵑啼怨，截斷春歸處。

陳允平也是小詞可誦，而長調毫無是處的。大概南宋的詞人，才氣短的居多。而當時却養成一種喜歡填長調的風氣。故結果總是堆砌成詞，毛病百出。我們只能夠在他們的小詞裏面，去發現幾首值得賞鑑的作品。其大多數的作品，特別是長詞，多半是沒有文藝價值的。這顯然是宋詞的末運到了。

張炎是宋詞最後的一個殿軍。

炎字叔夏，號玉田，又號樂笑翁，循王張俊的六世孫。本西秦人，家居臨安。生于宋理宗淳祐八年。（一二四八）宋亡時，他只有二十九歲。在元朝他的際遇是很不好的，戴表元送張叔夏西遊序說：

玉田張叔夏與余初相逢錢塘西湖上，翩翩然飄阿錫之衣，乘纖離之馬，于時風神散朗，自以爲承平故家，貴遊少年不翅也。垂及强仕，喪其行資。則既牢落偃蹇。嘗以藝北遊，不遇。失意亟亟南歸，愈不遇。猶家錢塘十年。久之，又去東遊山陰，四明，天台間，若少遇者，既又棄之西歸。……

張炎本是『鐘鳴鼎食之家』的貴介子弟，宋亡不久，盡喪失其資產。晚年落拓，到處飄泊，活到七十多歲才死。他在元朝生活了四十多年，他的詞大部分是在元朝做的。

張炎的詞，受家傳的影響很深。他的曾祖父張鎡很有文名，著玉照堂詞。他的祖父張合也工文學。父親張樞，尤精音律，有寄閑集。張炎之成爲一個樂府詞家，成爲一個純姜派的詞人，固然是時代的關係，但家傳詞學于他也有很大的影響。他自己說『平生好爲詞章，用功踰四十年』。（詞源下）他的山中白雲詞，最爲世所稱。

張炎最初以春水詞得名，人稱爲張春水。（鄧牧說『春水一詞絕唱古今』）後又以孤雁詞傳誦一時，人又稱爲張孤雁。按集中南浦（詠春水）與解連環（詠孤雁）二詞，幷不見佳，不知當時何以這樣負盛名。我們且另擧幾首能夠代表作者的作品爲例：

聲聲慢（與王碧山泛舟鑑曲，王戲歌吹簫，余倚歌而和。天闊秋高，光景奇絕，與姜白石垂虹夜遊，同一清致也。）

晴光轉樹，曉氣分嵐，何人野渡橫舟。斷柳枯蟬，涼意正滿西州。匆匆載花載酒，便無情也自風流。芳晝短，奈不堪深夜，秉燭來遊。　誰識山中朝暮，向白雲一笑，今古無愁。散髮吟商，此興萬里悠悠。淸狂未應似我，倚高寒，隔水呼鷗。須待月，許多情都付與秋。

高陽台（西湖春感）

接葉巢鶯，平波捲絮，斷橋斜日歸船。能幾番遊，看花又是明年。東風且伴薔薇住，到薔薇春已堪憐。更淒然萬綠西泠，一抹荒煙。　當年燕子知何處，但苔深韋曲，草暗斜川。見說新愁，于今也到鷗邊。無心再續笙歌夢，掩重門，淺醉閑眠。莫開簾，怕見飛花，怕聽啼鵑！

這是兩首長詞，前一首大約在宋未亡以前做的，才有『誰識山中朝暮，向白雲一笑，今古無愁』的句子；後一首大約是宋亡以後做的，才有『莫開簾，怕見飛花，怕聽啼鵑』的句子。

張炎其他的長調，也不免雕琢過甚，偏重技巧的毛病。還是小詞多幾首好的，例如：

淸平樂

香芳人杳，頓覺遊情少。客裏看春多草草，總被詩愁分了。　去年燕子天涯，今年燕子誰家？三月休聽夜雨，如今不是催花。

四字令

鶯吟翠屏，簾吹絮雲。東風也怕花嗔，帶飛花趕春。　鄰娃笑迎，嬉遊趁晴。明朝何處相尋？那人家柳陰。

珍珠令

桃花扇底歌聲杳，愁多少，便覺道花陰閑了。因甚不歸來？甚歸來不早？　滿院飛花休要掃，待留與薄情知道，知道，怕一似飛花，和春都老。

周濟對於張炎詞有一段極嚴酷的批評：「玉田才本不高，專恃磨礱雕琢，裝頭作脚，處處妥當。後人翕然宗之。然如南浦之賦春水，疏影之賦梅花，逐韻湊成，毫無脈絡。而戶誦不已，眞耳食也。」若是就作者的長詞而言，則不但南浦疏影二詞是「逐韻湊成，毫無脈絡；」其大部的長詞，都是「逐韻湊成，毫無脈絡。」可是，若論他的小詞，如上面所舉例，也未嘗沒有很好的作品。晚宋詞人，本來很少值得我們讚許的，但張炎還要算其中「差強人意」的一個詞人呢。

王沂孫，蔣捷，周密，陳允平，張炎這些詞人死掉以後，宋詞的生命便沒落了。此後的文人，都把他們的天才和精力，用于做曲子去了，詞壇便寂寞不堪回顧了。

五　宋代詞人補誌

宋代重要詞家，已如上述。今復舉其有作集流傳而作品較可觀者，補誌一部分於下。

趙令時，字德麟，宋之宗室，襲封安定郡王，其詞有聊復集一卷。茲舉其悼愛妾的一首清平樂為例：

春風依舊，著意隋隄柳。搓得鵝兒黃欲就，天氣清明時候。　去年紫陌青門，今宵雨魄雲魂。斷送一生憔悴，只消幾個黃昏。

令時的詞在北宋雖無盛名，然其小詞之雋美者，實不在諸名詞人下。

晁冲之，字叔用，一字川道，鉅野人。舉進士。紹興初，以黨論被逐，隱具茨山下。有具茨集一卷。詞如臨江仙：

憶昔西池池上飲，年年多少歡娛。別來不寄一行書。尋常相見了，猶道不如初。

安穩錦屛今夜夢。月明好渡江湖。相思休問定何如。情知春去後。管得落花無？

冲之詞明淨而有情致，在元祐間亦屬一作手。

王觀，字通叟，高郵人。嘉祐進士，官翰林學士，以賦應制詞近褻被謫，自號逐客。有冠柳詞。其詞流麗而富有情思，今舉他的生查子爲例：

關山魂夢長，塞雁音書少。兩鬢可憐青，一夜相思老。　歸傍碧紗窗，說與人人道：眞個別離難，不似相逢好。

葛勝仲，字魯卿，丹陽人。紹興初進士，元符初中宏詞科。累遷國子司業，終文華閣待制，知湖州卒諡文康。有丹陽詞，其詞境甚高，而微短于才，今舉其一首有名的點絳唇（縣齋夜坐）爲例：

秋晚寒齋，藜牀香篆橫輕霧。閑愁幾許？夢逐芭蕉雨。 雲外哀鴻，似替幽人語。歸不去，亂山無數，斜日荒城鼓。

王安中，字履道，陽曲人。第進士，政和中擢御史中丞，後歸燕，旋又歸宋，紹興初，官左中大夫。其爲人雖反復炎凉不足道，然所作詞實不可埋沒。有初寮詞一卷。例如蝶戀花：

千古銅台今莫問，流水浮雲，歌舞西陵近。烟柳有情開不盡，東風約定年年信。 天與麟符行樂分，緩帶輕裘，雅宴催雲鬢。翠霧縈紆銷篆印，箏聲恰度秋鴻陣。

這兩句詞：『翠霧縈紆銷篆印，箏聲恰度秋鴻陣，』在當代是很被傳誦的。

趙師使，一名師俠，字介之，汴人。第進士。有坦菴長短句一卷。所作長于摹寫風景，體狀物態。今舉他的謁金門爲例：

沙畔路，記得舊時行處：藹藹疎林迷遠樹，野航橫不渡。　竹裏疏花梅吐，照眼一川鷗鷺。家在清江江上住，水流愁不去。

紀昀評師使詞云：『今觀其集，蕭疏淡遠，不肯為剪紅刻翠之文，洵詞中之高品；但微傷率易，是其所偏。』

康與之，字伯可，滑州人，流寓嘉禾。秦檜當國，與之附檜求進，擢台郎。專為應制歌詞，諛艷粉飾，聲名掃地。檜死，坐貶。詞有順菴樂府。其小詞頗有可觀，例如訴衷情令：

阿房廢址漢荒邱，狐兔又羣遊。豪華盡成春夢，留下古今愁。　君莫上，古原頭，淚難收。夕陽西下，塞雁南來，渭水東流。

楊旡咎，字補之，自號逃禪老人，又號清夷長者，清江人。他本有志于功名事業，因秦檜專權，恥于依附，高宗幾次徵他不去。他善畫，其詞在當時不甚有名，黃昇花菴詞選未刊他的詞。有逃禪詞一卷。例如：

相見歡

不禁枕簟新涼，夜初長，又是驚回好夢葉敲窗。 江南望，江北望，水茫茫，贏得一襟清淚伴餘香。

醉花陰

淋漓盡日黄梅雨，斷送春光暮。目斷向高樓，持酒停歌，無計留春住。 撲人飛絮渾無數，總是添愁緒。回首向春風，爭得春愁，也解隨春去。

无咎的詞，描寫實在不錯，只可惜他的作集裏面應酬的作品太多了。

侯寘，字彥周，東武人。紹興中以直學士知建康。他在當世詞名亦不高，所作亦多應酬品，值得舉例的甚少。但偶爲抒情之作，輒清麗可愛。例如風入松（西湖戲作）：

少年心醉杜韋娘，曾格外疎狂。錦箋預約西湖上，共幽深，竹院松莊。愁夜黛眉顰翠，惜歸羅帕分香。 重來一夢繞湖塘，空烟水微茫。同心眼底無蘇小，記舊遊，凝佇淒涼。入扇柳風殘酒，點衣花雨殘陽。

紀昀評侯寘云：『其詞婉約嫻雅，無酒樓歌館簪舄狼藉之態，其名雖不甚著，而在南宋諸家中，要不能不推爲作者。』

韓元吉，字无咎，號南澗，許昌人。隆興間官至吏部尚書，論者稱其政事文學，均爲一代冠冕。有芭蕉詞一卷。例如霜天曉角（題采石娥眉亭）：

倚天絕壁，直下江千尺。天際兩蛾橫黛，愁與恨，幾時極？　暮潮風正急，酒闌聞塞笛。試問謫仙何處？青天外，遠烟碧。

元吉詞氣魄沈雄，風格自高。

杜安世，字壽域，京兆人。其生平不詳。有壽域詞一卷。作品多可誦者，例如踏莎行：

雨霽風光，春分天氣，千花百草爭明媚。畫梁新燕一雙雙，玉籠鸚鵡愛孤睡。

薜荔依牆，莓苔滿地。青樓幾處歌聲麗。驀然舊事上心頭，無言斂皺眉山翠。

洪咨夔，字舜俞，號平齋，於潛人。官至刑部尚書。有平齋詞。紀昀稱其所作淋漓激壯，多抑塞磊落之感。然如其眼兒媚一類的詞，則是以清麗見長的：

碧沙荒草渡頭村，綠遍去年痕。遊絲下上，流鶯來往，無限銷魂。　綺窗深靜人歸晚，金鴨水沉溫。海棠影下，子規聲裏，立盡黃昏。

黃公度，字師憲，號知稼翁，莆田人。紹興進士，仕至考功員外郎。有知稼翁詞，今舉其青玉案為例：

鄰雞不管離懷苦，又還是催人去。回首高城音信阻，霜橋月館，水村煙市，總是思君處。　裛殘別袖燕支雨，謾留得愁千縷。欲倩歸鴻分付與，鴻飛不住，倚欄無語，獨立長天暮。

洪邁稱公度的詞「婉轉精麗。」

楊萬里，字廷秀，吉水人。官秘書監。因不肯附韓侂冑，不得志。他是南宋有名的詩人，其詞亦如蘇黃，為曲子中縛不住者。有誠齋樂府一卷。例如好事近：

月未到誠齋，先到萬花川谷。不是誠齋無月，隔一庭修竹。　如今才是十三夜，月色已如玉。未是春光奇絕，看十五十六。

楊萬里眞可以說是一個道地的白話詞人。

葛立方，字常之，勝仲之子。官至吏部侍郎。有歸愚詞一卷。今舉其爲世所稱的卜算子爲例

裊裊水芝紅，脈脈蒹葭浦。析析西風澹澹烟，幾點疎疎雨。　草草展杯觴，對此盈盈女。葉葉紅衣當酒船，細細流霞舉。

紀昀謂立方詞：「多平實舖敘，少清新婉轉之意。然大致不失宋人風格。」

曾覿，字純甫，號海野老農，汴人，孝宗時官至開府儀同三司，加少保，用事二十年，權傾中外。其爲人奸邪不義，至爲談藝者所不齒。然才華富麗，實有可觀，著海野詞一卷。例如憶秦娥(邯戰道上)：

風蕭瑟，邯鄲古道傷行客。傷行客，繁華一瞬，不堪思憶。　叢台歌舞無消息

，金樽玉管空陳迹。空陳迹，連天草樹，暮雲凝碧。

曾覿嘗見東都之盛，故其詞多淒涼感慨。只就詞而論，尙不失爲南渡一作家。

王千秋，字錫老，號審齋，東平人，或稱爲金陵人。毛晉說他的詞絕少綺艷之態。這似不是確實的話。我們讀了他的審齋詞，除了一部分酬賀之作外，大部分都是抒情詞，而且有寫得很綺艷的。詞例西江月：

老去頻驚節物，醒來依舊江山。清明雨過杏花寒，紅紫芳菲何限。 春病無人消遣，芳心有酒摧殘。此情拍手問闌干，爲甚多愁我慣？

千秋一生落拓，飄泊他鄉，其名不顯于當代，其詞亦不爲當代所稱，故黃昇花菴詞選未選其詞。但他的詞實在是值得我們誦讀的。紀昀四庫全書提要稱：『其體本花間而出，入于東坡門徑，風格秀拔，要自不雜俚音，南渡之後，亦卓然爲一作手。』

趙彥端，字德莊，號介菴，魏王延美七世孫。乾道淳熙間以直寶文閣，知建康府，終左司郎官。有介菴詞一卷。其賦西湖的謁金門最有名：

休相憶，明夜遠如今日。樓外綠煙材冪冪，花飛如許急。柳岸晚來船集，波底斜陽紅溼。送盡去雲成獨立，酒醒愁又入。

彥端的小詞頗多婉約風流之作。

楊炎正，字濟翁，或作名炎，號止濟翁，廬陵人。五十二歲始登第，爲寗遠薄，後除掌故之令。有西樵語業一卷。其詞頗多感慨，很帶幾分辛棄疾式的豪放意味，但我們却喜歡他的抒情小詞，例如鵲橋仙：

思歸時節，乍寒天氣，總是離人愁緒。夜來無奈被西風，更吹做一簾秋雨。征衫拂淚，闌干醉倚，羞對黃花無語。寄書除是雁來時，又只恐書成雁去。

紀昀稱炎正詞：『屏絕纖濃，自抒清俊，要非俗艷所可比。』

沈端節，字約之，吳興人。曾令蕪湖，知衡州，官朝散大夫。有克齋詞，今舉其江城子爲例；

秋聲昨夜入梧桐，雨濛濛，灑窗風，短杵疏砧，將恨到簾櫳。歸夢未成心已遠，雲不斷，水無窮。　有人應念水之東，鬢如蓬，理妝慵，覽鏡沈吟，膏沐爲誰容？多少相思多少事，都盡在，不言中。

紀昀稱端節詞：『吐屬婉約，頗具風致。』毛晉謂：『克齋詞長于詠物寫景，殆梅溪竹屋之流歟。』

張輯，字宗瑞，鄱陽人。生平不詳。有東澤綺語債二卷。其詞多可誦者，例如釣船笛（寓好事近）

載酒岳陽樓，秋入洞庭深碧。極目水天無際，正白蘋風急。月明不見宿鷗鷺，醉把玉欄拍。誰謂百年心事，恰釣船橫笛。

輯詞在當代無重名，然風致清新，要爲南宋中期不可多得之作者。

毛幵，字仲平，信安人，或作三衢人。爲人傲世自許，與時多忤，官只止州倅。詩文均著名，小詞尤工，有樵隱詞一卷。其清平樂（見一婦人陳牒立雨中）最有名：

醉紅宿翠，髻嚲烏雲墮。管是夜來不睡？那更今朝早起？春風滿搦腰支，堦前小立多時。恰恨一番春雨，想應濕透鞋兒。

盧祖皐，字申之，又字次夔，號蒲江，永嘉人。嘉定間爲軍器少監，權直學院。有蒲江詞一卷。例如謁金門：

閑院宇，獨自行來去。花片無聲簾外雨，峭寒生碧樹。　做弄清明時序，料理春醒情緒。憶得歸時停棹處，畫橋看落絮。

周濟評云：『蒲江小令，時有佳趣，長篇則枯寂無謂，蓋才少也。』

石孝友，字次仲，南昌人。生平遭遇坎坷，以詞得名。有金谷遺音一卷。以寫艷情之作爲多，例如惜奴嬌：

我已多情，更撞着多情底你。把一心十分向你盡。他們劣心腸，偏有你。共你撇了人，只爲個你。　宿世冤家，百忙裏方知你沒前程。阿誰似你壞却才名？到如今，都因你。是你，我也沒星兒恨你。

論者以孝友比蔣捷，似乎不類，他實是黃庭堅一流的作風。

以上共補誌兩宋詞人二十四家。

第五章　金元明詞

金，元，明，這三個時代是新興的通俗文學流行時期，是正統的古典文學衰落時期。在這時期內，許多有天才的文人，都朝着新興的戲曲與小說去努力，去求新的創造，所以戲曲與小說的成績斐然。其仍在文章詩詞方面賣力的，大都是主張復古主張模擬的文人，他們始終不能超出前人的範圍，故文章詩詞的成績均無甚可觀。比較起來，恐怕還是詞的一方面比文章詩歌較爲令人滿意一點。特別是金，元二代，作詞的風氣雖不很濃，但他們的作品還不是一味模擬，有時竟能表現出一種特異的情調，給我們以清新的觀感，這是值得注意的。

往下，分開來敍述。

一，金詞

宋南渡後，中原便爲金所佔有。金主大都是愛好中國文化的，如金主亮，世宗，章宗，都極力引用宋朝的文人去做官，他們自己都能做詩詞，有時並且做得很好，如金主亮的昭君怨（詠雪）：

昨日樵村漁浦，今日瓊川銀渚。山色捲簾看，老峯巒。　錦帳美人貪睡，不覺天孫剪水。驚問是楊花？是蘆花？

這種詞的風調，與宋詞有點兩樣，讀起來是另有意味的。

金之詞人，據中州樂府所著錄，有詞人三十六位，惜其詞集不皆流傳，今舉幾個較負盛名的詞人爲代表。

吳激，字彥高，建州人。宋宰相栻之子。使金，留不遣，累官翰林待制。皇統初，出知深州卒。有東山集詞一卷。宇文叔通稱其『以樂府名天下。』他最有名的是一首人月圓（宴張侍御家有感）：

南朝千古傷心地，還唱後庭花。舊時王謝堂前燕子，飛向誰家？　恍然一夢，天姿勝雪，宮鬟堆鴉。江州司馬，青衫淚溼，同是天涯。

這首詞是寫故國之感的，相傳聞者皆爲之揮涕。黃昇云：『彥高詞精妙悽惋』。所作雖篇數不多，皆精微盡善，在金代怕要算是首屈一指的詞人呢。

蔡松年，字伯堅，眞定人。累官至丞相，加儀同三司，封衛國公。卒後加封吳國公，論文簡。有蕭閑公集。他的詞與吳激齊名，當時號爲『吳蔡體』例如尉遲杯：

紫雲暖，恨翠雛，珠樹雙棲晚。小枝靜院，相逢的的，風流心眼。紅潮照玉盌，午香重，草綠宮羅淡。喜銀屏小語，私分麝月，春心一點。　華年共有好願，何時定？妝鬟暮雨零亂。夢似花飛，人歸月冷，一夜小山幽怨。劉郎與尋常不淺。況不似，桃花春溪遠。覺情隨曉馬東風，病酒餘香相半。

韓玉，字溫甫，北平人。擢第入翰林爲應奉文字，後爲鳳翔府判官。有東浦詞一卷。其詞多清新可誦，例如減字木蘭花（贈歌者）：

香檀素手，緩理新詞來伴酒。音調淒涼，便是無情也斷腸。　莫歌楊柳，記得渭城朝雨後。客路茫茫，幾度東風蕙草長。

王庭珪，字子端，蓋州熊岳人。大定中登第，官至翰林修撰，晚年卜居黃華山，自號黃華老人。著黃華山人詞。其爲人風流蘊籍，冠冕一時，所作詞亦富于情韻，例如訴衷情：

夜涼淸露滴梧桐，庭樹又西風。薰籠舊香猶在，曉帳暖芙蓉。雲淡薄，月朦朧，小簾櫳，江湖殘夢，半在南樓畫角中。

元好問，字裕之，太原秀容人。興定五年進士，累官左司都事員外郎，天興初。入翰林知制誥。金亡不仕。世稱遺山先生。有遺山集。（一一九〇——一二五七）他在金代是一位有最權威的文學家，詩名極高，詞亦享盛名。例如：

點絳唇

醉裏春歸，綠窗猶唱留春住。問春何處？花落鶯無語。渺渺余懷，漠漠烟中樹。西樓暮，一簾疏雨，夢裏尋春去。

邁陂塘

泰和五年乙丑年歲赴試幷州，道逢捕鴈者云：『今日獲一鴈，殺之矣。其脫網者悲鳴不能去，竟自投於地而死』。予因買得之，葬之汾水之上，累石爲識，號曰鴈邱，幷作鴈邱詞。

問世間情是何物，直敎生死相許？天南地北雙飛客，老翅幾囘寒暑？歡樂趣，離別苦。就中更有癡兒女。君應有語。渺萬里層雲，千山暮雪，隻影向誰去？橫汾路，寂寞當年簫鼓，荒烟依舊平楚。招魂楚些何嗟及，山鬼暗啼風雨。天也妬。未信與，鶯兒燕子俱黃土。千秋萬古，爲留待騷人，狂歌痛飲，來訪鴈邱處。

張炎詞源云：『遺山詞深于用事，精于鍊句，風流蘊藉處，不減周秦』。斯評信然。

此外金之詞人較有名者，劉仲尹有龍山集詞，趙可有玉峯散人集，劉迎有山林長諸，黨懷英有竹溪集，王寂有拙軒集，段克己有遁庵樂府，段成己有菊軒樂府，李俊民有莊靖先生樂府。蔡珪的詞雖僅江城子一首，然特有風趣，茲錄如下：

鵲聲迎客到庭除，問誰與？故人車，千里歸來，塵色半征裾。珍重主人留客意，奴白飯，馬青芻。 東城入眼杏千株，雪模糊，俯平湖。與子花間，隨分倒金壺。歸報東垣詩社友，曾念我，醉狂無？

以上所錄作者，其原籍皆中原之士。道地的金人中，除諸金主外，能文者以完顏璹的成就獨高。璹字子瑜，世宗之孫，越王之子。累官封密國公。自號樗軒居士。所著有如菴小藁。詞如青玉案：

凍雲封卻駝岡雲路，有誰訪溪梅去。夢裏疎香風暗度，覺來唯見，一窗涼月，瘦無尋處。 明朝畫筆江天暮，定向漁蓑得奇句。試問簾前深幾許？兒童笑道：黃昏時候，猶是簾纖雨。

拿金詞來比南宋詞，金詞當然較為遜色，決不能拿來和南宋的大詞家相比擬。但他們作詞，不像姜夔張炎輩去咬文嚼字，千錘百鍊，故往往能夠寫出較爲清新俊逸的詞來。

二　元詞

有元一代，重新曲而輕舊詞。相傳當時以曲試士之說雖不可靠，但曲之發展，實際上已壓倒了一切的文體而獨霸一時。當時著名的詩家，大都是詩人，而非戲曲家。元代的詩人大部分是崇信復古與摸擬的，由此即可知詞的發展是絕望了。

元詞之傳于今，有作集可讀者，尚有六十餘家，可見當時詞的作品在數量上仍然是很可觀的。但要找出幾個偉大的作家來，却很困難了。比較上可以代表元代詞壇的，只有下列幾位。

王惲，字仲謀，汲縣人。官至翰林學士，嘉議大夫，累進中奉大夫，贈翰林學士承旨，資善大夫，追封太原郡公，謚文定。有秋澗集詞四卷。所作以小詞爲佳。

平湖樂

秋風湖上水增波，水底雲陰過。憔悴湘纍莫輕和，且高歌。 凌波幽夢誰驚破，佳人望斷，碧雲暮合。道別後，意如何？

作者的長詞，則以春從何處來（見故宮人感賦）一篇最爲人所激賞。

趙孟頫，字子昂，宋之宗室，賜第湖州，遂爲湖州人。宋末爲眞州司戶參軍。入元授兵部郎中，累官翰林學士承旨，榮祿大夫，卒追封魏國公，謚文敏。（一二五四——一三二二）他能詩能文，工書善畫，實一多才之藝人也。詞有松雪詞一卷。

蝶戀花

儂是江南遊冶子，烏帽青鞋，行樂東風裏。落盡楊花春滿地，萋萋芳草愁千里。扶上蘭舟人欲醉，日暮青山，相映雙蛾翠。萬頃湖光歌扇底，一聲吹下相思淚。

邵復孺稱孟頫的詞：「深得騷人風度。」

劉因，字夢吉，容城人。至元中，徵授承德郎，右贊善大夫。以母疾歸。卒後追封容城郡公，謚文靖。有靜修集詞一卷。

木蘭花

未開常探花開未？又恐纔開風雨至。花開風雨不相妨，爲甚不來花下醉？今年休作明年計，明日已非今日事。春風欲勸坐中人，一片落紅當眼墜。

作者無心于功名富貴，朝廷屢次徵召，均因辭不赴。他懷抱着現世的樂天主義，故其詞亦多謳歌『淺斟低唱』之辭。

張埜，字埜夫，邯鄲人。有古山樂府二卷。他的詞以長調著稱，例如水龍吟（遊絲）：

落花天氣初晴，隨風幾縷來何處？飄飄冉冉，悠悠颺颺，欲留還去。雪繭新抽，青絲暗墜，蠶珠輕度。看垂虹百尺，縈迴不下，似欲繫春光住。　憑仗何人，收取付天孫，雲綃機杼。浮踪浪跡，忍教長伴章台飛絮。惹起閑愁，織成離恨，萬端千緒。望天涯盡日，柔情不斷，又閑庭暮。

倪瓚，字元鎮，無錫人。不仕，扁舟箬笠，往來湖泖間。自稱嬾瓚，亦稱倪迂。善畫，有清閟閣遺稿詞一卷。他的詞長于小令，例如人月圓：

驚回一枕當年夢，漁唱起南津。畫屏雲嶂，池塘春草，無限消魂。 舊家應在，梧桐覆井，楊柳藏門。閑身空老，孤蓬聽雨，燈火江村。

詞苑稱倪瓚的詞：「詞意高潔」。

邵亨貞，字復孺，號清溪，華亭人。有蛾術詞選四卷。他的小詞頗有北宋人風味，例如：

凭欄人（題曹雲西贈伎小畫）

誰寫江南一段秋，妝點錢塘蘇小樓。樓中多少愁，楚山無盡頭。

浣溪沙

西子湖頭三月天，半篙新漲柳如烟。十年不上斷橋船。 百媚燕姬紅錦瑟，五花宛馬紫絲鞭，年年春色晤相牽。

張翥，字仲舉，晉甯人。至正初，以薦爲國子助教。累官河南行省平章政事，兼翰林學士。他長于詩，其詞尤爲當代衆望所歸，有蛻巖樂府三卷。

摘紅英

鶯聲寂，鳩聲急，柳烟一片梨雲濕。驚人困，教人恨，待到平明，海棠應盡。青無力，紅無跡，殘香粉膩那禁得？天難準，晴難穩，晚風又起，倚欄爭忍？

作者以模擬姜張爲能事，其長詞雖爲世人所稱道，然多不足觀。還是他的小詞較富情趣，較爲自然。

薩都剌，字天錫，號直齋。本答失蠻氏，雁門人。登泰定進士，官京口錄事，終河北廉訪司經歷。有雁門集。他的小詞和長調都寫得好，才氣遠在張翥之上。

小欄干

去年人在鳳凰池，銀燭夜彈絲。沈水香消，梨雲夢暖，深院繡簾垂。　今年冷落江南夜，心事有誰知？楊柳風柔，海棠月淡，獨自倚欄時。

滿江紅（金陵懷古）

六代豪華春去也，更無消息。空悵望山川形勝，已非疇昔。王謝堂前雙燕子，烏衣巷口曾相識。聽夜深寂寞打孤城，春潮急。　思往事，愁如織；懷故國，空陳迹。但荒烟衰草，亂鴉斜日。玉樹歌殘秋露冷，胭脂井壞寒螿泣。到如今，只有蔣山青，秦淮碧。

百字令（登石頭城）

石頭城上，望天低，吳楚眼空無物。指點六朝形勝地，惟有青山如壁。蔽日旌旗，連雲檣艣，白骨紛如雪。大江南北，消磨多少豪傑！　寂寞避暑離宮，東風輦路，芳草年年發。落日無人松徑裏，鬼火高低明滅。歌舞尊前，繁華鏡裏暗換青青髮。傷心千古，秦淮一片明月。

詞苑云：『天錫小欄干詞，筆情何減宋人。其石頭城懷古詞尤多感慨！』在元代的詞人中，薩都刺怕要算是最值得珍貴了的吧。

此外之元詞人，尚有程鉅夫，仇遠，劉秉忠，詹玉，蕭允之，曾允元，虞集，趙雍，張雨等，但其作品皆無甚特色可供敘述了。

三　明詞

明代韻文，擅長南曲，詞壇與詩壇一樣的沒有生氣，許多詞人都是高標着『北宋』或『晚唐五代』的旗幟，徒然抄襲古人，不能自出新意，故沒有什麼好成績表現出來。在三百年的明代詞壇中，我們只能舉出下列的幾家，是讀者較爲滿意的。

劉基，字伯溫，青田人。元進士。入明官至御史中丞，封誠意伯，諡文成。（一三一一——一三七五）其詩文均有名，詞亦爲一代泰斗。所作詞附于誠意劉文公集。

千秋歲

淡煙平楚，又送王孫去。花有淚，鶯無語，芭蕉心一寸，楊柳絲千縷，今夜雨，定化作相思樹。憶昔獻游處，觸目成千古。良會遠，知何許？百杯桑落酒，三疊陽關句。情未已，月明潮上迷津渚。

王世貞稱劉基詞「穠纖有致」，誠爲不誣之語。

高啓，字季迪，長洲人，隱吳淞江之青邱，自號青邱子。洪武初，召入纂修元史，授編修，擢戶部侍郎。（一三三六——一三七四）有扣舷詞一卷。

行香子（芙蓉）

如此紅妝，不見春光，向菊前蓮後纔芳。雁來時節，寒浥羅裳。正一番風，一番雨，一番霜。蘭舟不採，寂寞橫塘。强相依，暮柳成行。湘江路遠，吳苑池荒。恨月濛濛，人杳杳，水茫茫。

論者稱高啓的詞：「大致以疎曠見長」。

楊基，字孟載，嘉州人。洪武初，知滎陽縣，歷山西按察副使。有眉菴詞。

多麗

問鶯花，晚來何事蕭索？是東風，釀成新雨，參差吹滿樓閣。辟寒金，再簪寶髻，靈犀鎮，重護香幄。杏惜生紅，桃絨淺碧，向人憔悴未舒萼。念惟有淡黃楊柳，搖曳映珠箔。凭闌久，春鴻去盡，錦字誰託？奈夢裏，淸歌妙舞，覺來偏更情惡。聽高樓，數聲羌笛，管多少梅花驚落。鴛帶慵寬，鳳鞋懶綉，新晴誰與共行樂？料在楚雲湘水，深處望黃鶴。天涯路，計程難定，長恁飄泊。

作者詩名，次于高啓，而詞名則過之。論者稱其『饒有新致。』

楊愼，字用修，新都人。正德六年賜進士第一，授修撰，嘉靖甲申兩上議大禮疏，廷杖謫戍雲南永昌衞，卒于戍所。(一四八八——一五五九)他生平以博學著稱。有升菴詞二卷。

轉應曲

銀燭銀燭，錦帳羅幃影獨。離人無語消魂，細雨斜風掩門。門掩，門掩，數盡寒城漏點。

昭君怨

樓外東風到早，染得柳條黃了。低拂玉欄干，怯春寒。　正是困人時候，午睡濃于中酒。好夢是誰驚？一聲鶯。

王世貞云：『用修所輯百琲眞珠，詞林萬選，可謂詞家功臣。其詞好用六朝麗字，似近而遠。然而其妙絕處亦不可及。』

施紹莘，字子野，青浦人。他的生平不詳，有花影集行世。其小詞頗多佳作。

浣溪沙

半是花聲半雨聲，夜分淅瀝打窗櫺，薄衾單枕一人聽。　密約不明渾夢境，佳期多半待來生，凄涼情況是孤燈。

謁金門

春欲去，如夢一庭空絮。牆裏秋韆人笑語，花飛撩亂處。　無計可留春住，只有斷腸詩句。萬種消魂多寄與，斜陽天外樹。

相傳施紹莘最愛張先的詞，因先詞有『雲破月來花弄影』之句，故所作亦題花影集。其小詞雖不能比擬張先，在明代要爲一能手也。

陳子龍，字臥子，青浦人。崇禎中進士，官兵科給事中，進兵部侍郎，明亡殉難，諡忠裕。（一六〇八——一六四七）他是明末的大詞人。有湘眞閣江蘺檻詞二卷。

江城子

一簾病枕五更鐘，曉雲空，捲殘紅。無情春色去矣幾時逢？添我千行清淚也，留不住，苦匆匆。　楚宮吳苑草茸茸，戀芳叢，繞遊蜂。料得來年相見畫屏中。人自傷心花自笑；憑燕子，罵東風。

蝶戀花

雨外黃昏花外曉，催得流年，有恨何時了？燕子乍來春又老，亂紅相對愁眉掃。　乍夢闌珊歸夢杳，醒後思量，踏遍閑庭草。幾度東風人意惱，深深院落芳心小。

王士禎稱作者的詞：『神韻天然，風味不盡。晚年所作，寄意更綿邈悽惻』。不錯，在明代詞人中，陳子龍確是值得特別珍視的。

沈謙，字去矜，仁和人。明末諸生。與丁澎等稱『西泠十子』。有東江詞二卷。所作什九爲言情之作。例如蘇幕遮（閨情）：

燕聲嬌，花影醉，日過窗西，猶自厭厭睡。一線情絲常似醉。九十春光，半擲鴛鴦被。　靨銷紅，眉斂翠，便到沉身，總是多情淚。說與東風都不會。鏡子裙兒，曉得人憔悴。

邵梅芳，字景悅，青浦人。貢生。他在當代不是有名的文人。所作小詞多可誦者，例如秋蕊香（落葉）：

門外秋聲不絕，簌簌空階吹徹。寒枝影亂鴉啼歇，滿院清霜斜月。　和風帶雨難分別，還淒切。綺窗敲處燈明滅，夢醒三更時節。

除上述諸家外，明詞人之較著名者尚有王世懋，王世貞，謝應孝，聶大年，顧潛，韓邦奇，文徵明，吳子孝，馬洪，湯傳楹，韓洽，夏完淳，張草等，皆有詞集流傳。此外，我們還要推薦兩位有名的女詞人。

沈宜修，字宛君，吳江人。葉理袁室。與其夫偕隱汾湖，刻意于詩詞。有鸝吹集。所作綽約風華，爲世所稱。例如浣溪紗：

淡薄輕陰拾翠天，細腰柔似柳飛綿，吹簫閑向畫屏前。　詩句半緣芳草斷，鳥啼多爲杏花殘，夜寒紅露濕秋千。

葉小鸞，字瓊章，宜修之女。相傳她十歲卽能韻語，未婚而歿。遺集名返生香。所作詞風格甚高，似不食人間烟火語。今舉其謁金門爲例：

情脉脉，簾捲西風爭入，漫倚危樓窺遠色，晚山留落日。　芳樹重重凝碧，影浸澄波欲濕。人向暮烟深處憶，繡裙愁獨立。

明代婦女，頗多以詞著名者。沈葉二氏以外，尙有楊愼妻黃氏，端淑卿，王鳳嫺，徐媛，張鴻逑，項蘭貞，商景蘭，葉紈紈，沈靜專，申蕙，張嫻倩等，皆以詞傳稱

第六章　清詞

清代號稱詞的復興時期。

就數量的發展一點說，清詞不但超過明代，超過金元，而且超過兩宋。清代的詞八之多，眞是我們所意想不到的。王昶的清詞綜編到嘉慶初年止，王紹成的清詞綜二編編到道光時止，黃燮清的清詞綜續編編到同治末年止，丁紹儀的清詞綜補編編到清亡爲止。單此四書，共錄詞家三千餘人，合宋，金，元，明四朝，尚無此盛！

可是，詞的時代已經過去了。詞興于中唐，經過晚唐，五代，北宋，至于南宋之末，已經有五百年的光榮的歷史，已經發展得淋漓盡致，無美不備了。本來詞體是很狹隘的，至此發展已盡，無可再進，故至元明，聰明的作者都遁而經營別種新興的文體，詞乃一蹶不振。雖有少數文人，極力去撐持詞的門面，想把詞壇振作起來，結果皆徒勞無功。我們試讀上面一章的金，元，明詞，便知道詞壇是寂寞不堪了。這三朝的詞人雖偶有佳作，然皆破碎不足以名家。要找一個像宋代的第一流名詞家，已不可復得了。

詞至清代，無論小詞或長詞，無論婉約的詞或豪放的詞，無論白話的詞或典雅的詞，都已早有了極好的成績，琳琅滿目，美不勝收，擺在清人的面前。清人既不能在詞體裏別開新生面，無路可走；同時又看看許多前人留下了很多而且很好的成績在那裏，作爲範本，便自然而然的開起倒車來，墮入模擬的圈套裏去了。我們讀清人詞，雖表現了一部分的成績，產生了幾個偉大的詞人，但大多數的清詞家，不是模擬南宋，便是模擬北宋，有的擬五代，也有的擬晚唐。總之，無論他們怎樣跳來跳去，總不曾跳出古人的圈套，淸人的詞，因此便墮落了，走上古典主義的死路去了。

所以說，清詞的復興，只是造成詞壇的熱鬧，在數量上增加若干倍的詞人和作品，不像元明的寂寞罷了。若謂恢復了詞的實質上的黃金時代，實是荒謬之言。

* * * *

清詞的變遷，依我的見解，可以分為下列四列階段：(一)清初詞；(二)浙派詞；(三)常州派詞；(四)清末詞。往下便依此次序來敍述。

一　清初詞

清初百年的文壇，誕生了許多富有才氣的文人。僅就詞的一方面說，這百年也要算是清代最光榮的時期。此時的詞家，雖未能離開模擬而肆力創造，但尚未為一種嚴格的派別主張所限制，除了少數的古典詞人外，他們大都能比較自由的去做各人的詞，因此，往往能夠寫出很好的作品來。

吳偉業與王士禎是清初兩大名詩人，他倆的小詞也異曲同工，為清初之雙璧。偉業字駿公，號梅村，太倉人，明末崇禎進士，入清，官國子監祭酒。(一六〇九——一六七一)有梅村詞二卷。其詞如：

如夢令

鎮日鶯愁燕懶，遍地落紅誰管？睡起爇沉香，小飲碧螺春盌。簾捲，簾捲，任柳絲風軟。

浣溪沙

斷頰微紅眼半醒，背人驀地下堦行，摘花高處賭身輕。　細撥薰爐香繚繞，嫩塗吟紙墨欹傾，慣猜閑事爲聰明。

紀昀四庫提要稱偉棄詞：『韻協宮商，感均頑艷』，而比之于柳永秦觀。王士禎則稱其『流麗穩貼』，而比之于辛棄疾。實則作者之詞風固接近花間一派也。

王士禎，字貽上，號阮亭，山東新城人。順治十八年進士，官至刑部尚書，卒謚文簡。(一六三四——一七一一)其詩爲一代之宗，詞名遂爲所掩，然衍波詞一卷，價值固甚高貴也。例如：

憶江南

江南好，畫舫聽吳歌。萬樹垂楊青似黛，一灣春水碧於羅，懊惱是橫波。

點絳脣(春詞)

水滿春塘，柳綿又蘸黃金縷。燕兒來去，陣陣梨花雨。 情似黃絲，歷亂難成緒。凝眸處，白蘋紅樹，不見西洲路。

彭孫遹詞藻稱：『衍波詞體備唐宋，美非一族』，鄒祗謨遠志齋詞衷亦謂：『衍波詞小令，極哀艷之深情，窮倩盼之逸趣，』作者蓋亦一綺艷之小詞家也。

明末的詞人與吳偉業同時入清者，尚有龔鼎孳，李雯，曹溶，宋徵璧諸家，他們的作品均能開一代的風氣，而獨備一格。其繼起而與王士禎前後同時者，則有納蘭性德，曹貞吉，吳綺，顧貞觀，陳維崧，朱彝尊，彭孫遹諸名詞家。就中以朱彝尊的詞名最盛，而以納蘭性德的詞境最高。

納蘭性德本名成德，字容若，其祖先原居葉赫地，為正白旗人。十七歲補諸生貢入大學，授三等侍衛，旋進一等侍衛，頗得康熙之隆遇。所交均當代才人。可惜天不予年，卒時僅三十一歲(一六五五——一六八五)。著飲水詞三卷。

性德在清詞人中爲別樹一幟者，其所作詞不甚依格律，不重視模擬，不喜用古典，而以俚語寫自己情思，純發乎天籟，語意渾然，像這樣的詞家，宋以後一人而已。

憶江南

昏鴉盡，小立恨因誰？急雪乍翻香閣絮，輕風吹到胆瓶梅。心字已成灰！

長相思

山一程，水一程，身向榆關那畔行，夜深千帳鐙。 風一更，雪一更，聒碎鄉心夢不成。故園無此聲。

采桑子

而今才道當時錯，心緒淒迷，紅淚偷垂，滿眼春風百事非。 情知別後來無計，强說歡期。一別如斯，落盡梨花月又西。

太常引(自題小照)

晚來風起撼花鈴，人在碧山亭。愁裏不堪聽，那更雜泉聲雨聲。 無憑踪跡，無聊心緒，誰說與多情？夢也不分明，又何必催教夢醒！

性德本貴公子，身世美滿，而所作多悽惋令人不能卒讀，殆所謂天生的殉情主義者歟。陳維崧稱其詞：『哀感頑艷，得南唐二主之遺。況周頤亦謂：『容若爲國初第一詞人，其詞純任性靈，纖塵不染』，此皆深能賞鑑性德詞者之忠實批評也。

曹貞吉字升六，號實庵，安邱人。官至禮部員外郎。有珂雪詞二卷。所作不爲閨襜靡曼之音，而以氣韻見長。吳綺字園次，江都人。官至湖州府知府。有藝香詞一卷。他的詞和平雅麗，佚宕風流，論者稱爲一時才士。顧貞觀字華峯，號梁汾，無錫人。官至國史院典籍。有彈指詞三卷。他與納蘭性德交誼甚篤，所作詞多至情流露語，其寄吳漢槎之金縷曲二首最有名，今舉其眞珠簾詞爲例：

櫻桃宴罷人歸後，正煙籠澹月，疎窗如畫。紅藥闌邊，當日親攜素手。睡起微聞花歎息，贖一縷，相思誰剖？依舊，對漂香泊粉，幾枝春瘦。　別久，心期輕負。爲深憐痛惜，越添僝僽。十載綺羅情，付昨宵殘酒。誰道酒醒都是恨，只剗地曉風楊柳。知否？古今來，一例斷腸回首。

陳維崧與朱彝尊齊名于清初詞壇，然二家作風絕不相同。朱彝尊爲浙派詞人的領袖，容待下節敍述。維崧字其年，宜興人。康熙十八年舉博學鴻詞科，授翰林院檢討。（一六二五——一六八二）他創作甚豐，所著迦陵詞至三十卷之多。長調最爲他所擅長，小詞亦往往雋美可喜，蓋亦軼世之才也。

風入松

星移帆影月移沙，秋思誰家？別時不敢分明語，覺春山，暗損年華。又是中秋時候，西風幾陣歸鴉。　相思難遣夢交加，水闊山斜。尊前常恨天涯遠，況如今，眞個天涯。更道重來應未，待伊歸向窗紗。

慶春澤（春影）

已近花朝，未過春社，小樓盡日沉沉。暝色連朝，江南倦客難禁。門前綠水昏如夢，粉雲遮，失卻遙岑。恁湔裙，不到溪邊，佳約空尋。　年時恰是鶯花候

「，正黃歸柳靨，紅入桃心。舞扇歌衫，參差十里園林。東風吹織絲絲滿，做半寒半暖光陰。問何時日上花梢，細弄鳴禽？

在清代的詞人中，維崧實獨具風格者，所作雖不免有粗率處，而波瀾壯闊，氣象萬千，識者尊為清初巨擘，蓋以其具有蘇辛之豪壯精神云。

彭孫遹亦清初名詞人之一。字駿孫，號羨門，海鹽人。官至吏部侍郎。（一六三一——一七〇〇）有延露詞三卷。所作多綺語，小詞最佳，論者至稱為「不減南唐風格。」例如生查子：

薄醉不成眠，轉覺春寒重。枕席有誰同，夜夜和愁共。　夢好恰如真，事往翻如夢。起立悄無言，殘月生西弄。

在人才濟濟的清初詞壇中，上述諸家自是最值得稱道的，此外，則多是被束縛于格律的第二流以下的作家了。

二　浙派詞

所謂浙派詞，是以南宋詞人姜夔張炎來相標榜的浙中的詞派。這派詞的倡導者是曹溶。他看着當時人作詞，多以明人爲法，痛心詞學失傳，乃搜輯遺集，求之於宋，崇爾雅，斥淫哇，後來乃形成『浙西塡詞者，家白石而戶玉田』的風氣。

至朱彝尊起，力倡曹溶之說，乃造成浙派詞的堅固勢力。彝尊字錫鬯，號竹垞，自號小長蘆釣師，秀水人。康熙十八年以布衣召試，擧鴻博，授翰林院檢討。（一六二九——一七〇九）生平著述甚富：詞有江湖載酒集三卷，靜志居琴趣一卷，茶煙閣體物集二卷，蕃錦集一卷。我們要了解他的詞，必須先看他對於詞的主張。他曾經說過：『詞至南宋始工』在他一首自題詞集的解珮令，更把他對於詞的宗尙說得很清楚：

十年磨劍，五陵結客，把生平涕淚都飄盡。老去塡詞，一半是空中傳恨。幾曾圍燕釵蟬鬢。不師秦七，不師黃九，倚新聲玉田差近。落拓江湖，且分付歌筵紅粉。料封侯白頭無分。

由此卽可見朱彝尊是在熱烈崇拜張炎之下而從事塡詞的，是純粹的姜張派詞人。其詞的格律很嚴整，字句很雅麗，要算是一位古典主義的健將。其詞如：

桂殿秋

思往事，渡江干，青蛾低映越山看。共眠一舸聽秋雨，小簟輕衾各自寒。

憶少年

一鉤斜月，一聲新雁，一庭秋露。黃花初放了，小金鈴無數。 燕子已辭秋社去，剩香泥舊時簾戶。重陽將近也，又滿城風雨。

高陽台

吳江葉元禮少日，過流虹橋，有女子在樓上見而慕之，竟至病死。氣方絕，適元禮復過其門，女之母以女臨終之言告，葉入哭，女目始瞑。友人爲作傳，余紀以詞。

橋影流虹，湖光映雪，翠簾不捲春深。一寸橫波，斷腸人在樓陰。游絲不繫羊車住，倩何人，傳語青禽。最難禁，倚徧雕闌，夢徧羅衾。 重來已是朝雲散，悵明珠佩冷，紫玉煙沈。前度桃花，依然開遍江潯。鍾情怕到相思路，盼長隄，草盡紅心。動愁吟。碧落黃泉，兩處誰尋？

作者的小詞每能自出機杼，譽之者至稱其能『復振五代北宋之緒。』其長調則完全張炎化了。杜紫綸云：『竹垞詞神明乎姜史，刻削雋永，本朝作者雖多，莫有過焉者。』在清代詞人中，說朱彝尊是南宋姜史張一派的巨擘，自無異議。但我們却正嫌他爲姜張所陷，不能自拔，未能充分發展其天才。他的作集以靜志居琴趣一卷爲最佳。

龔翔麟刻浙西六家詞，錄朱彝尊，李良年，李符，沈皞日，沈岸登及其本人作集，於是『浙派』二字，乃變成一個鮮明的詞派，風氣所播，詞壇翕然，浙派詞乃在清之中葉大盛起來。

繼朱彝尊而起的浙派詞人，有厲鶚，郭麐，項鴻祚三大健將。

厲鶚字太鴻，錢塘人。康熙舉人，乾隆元年舉博學鴻詞。（一六九二——一七五二）著有樊榭山房詞二卷，續集一卷。他的詞要算浙派中的白眉，極爲世所稱道。例如：

眼兒媚

一寸橫波惹春留，何止最宜秋？妝殘粉薄，矜嚴消盡，只有溫柔。　當時底事忽忽去？悔不載扁舟。分明記得，吹花小徑，聽雨高樓。

百字令（丁酉清明）

春光老去，恨年年心事，春能拘管。永日空園雙燕語，折盡柳條長短。白眼看天，青袍似草，最覺當歌懶。悄悄門巷，落花早又吹滿。　凝想烟月當時，餳簫舊事，慣逐嬉春伴。一自笑桃人去後，幾葉碧雲深淺。亂擲榆錢，細垂桐乳，尙惹遊絲轉。望中何處？那堪天遠山遠！

論者稱厲鶚詞清眞雅正，超然神解。然其一生作詞，苦爲玉田所累，未能獨創一格，實屬可惜。

郭麐字祥伯，號頻伽，吳江人，僑居嘉善。終身爲諸生。（一七六七——一八三一）著靈芬館詞。他是嘉慶時代及道光初年浙派詞人中之最負盛名者，詞如：

台城路（遊舒氏園作）

薄陰不散霜飛早，園林深貯秋意。水木淸蒼，陂陀高下，澹與暮雲無際。紅泥亭子，占一角孤城，七分烟水。最愛疏疏，竹竿萬個滴寒翠。年來儔侶都散，便登山臨水，只恁蕉萃。倦柳攀條，清流照鬢，暗老悲秋身世。荒寒如此，又畫角聲中，夕陽垂地。樹樹西風，暮鴉寒不起。

浙派至郭麐，作風爲之一變，所作以「清疏」見長，然其弊則流於「滑薄」，蓋已是浙派的强弩之末了。

項鴻祚是浙派的後勁。原名繼章，字蓮生，錢塘人。道光時擧人。（一七九八——一八三五）著憶雲詞甲乙丙丁稿。他本是富家子，而其詞幽艷哀怨，如不勝情，殆亦納蘭性德一流之天生殉情少年也。故年亦不永。其詞如：

清平樂（池上納涼）

水天清話，院靜人消夏。蠟炬風搖簾不下，竹影半牆如畫。 醉來扶上桃笙，熟羅扇子涼輕。一霎荷塘過雨，明朝便是秋聲。

水龍吟（秋聲）

西風已是難聽，如何又著芭蕉雨。泠泠暗起，澌澌漸緊，蕭蕭忽住。候館疏砧，高城斷鼓，和成淒楚。想亭皋木落，洞庭波遠，渾不見，愁來處。 此際頻驚倦旅，夜初長，歸程夢阻。砌蛩自歎，邊鴻自唳，剪燈誰語？莫便傷心，可憐秋到，無聲更苦。滿寒江剩有，黃蘆萬頃，卷離魂去。

譚獻稱云：『蓮生古之傷心人也。激氣腸回，一波三折。有白石之幽澀而去其俗，有玉田之秀折而無其率，有夢窗之深細而化其滯，殆欲前無古人』。鴻祚的詞雖不必盡如譚氏所獎飾，然在浙派中，總算是一位為姜張所束縛，而能自出機杼的作家了。

有吳藻女士者，字蘋香，亦浙之仁和人。嫁同邑黃某為室。晚年寡居錢塘，生活清苦。著有花簾詞及香南雪北詞，頗受厲鶚之影響，而以溫婉之女性風度出之，趣味爲之一新。

如夢令

燕子未隨春去，飛到繡簾深處。軟語話多時，莫是要和儂住？延佇，延佇，含笑回他：不許！

虞美人

曉窗睡起簾初卷，入指寒如剪。一宵疎雨一宵風，無數海棠瘦得可憐紅！分明人也因花病，幾度慵拈鏡。日高猶自不梳頭，只聽喃喃燕子話春愁。

她是道光年間的作者，當時詞譽遍大江南北，爲清代女詞家中第一人。

自此以後，我們便再找不出矜貴的浙派詞人來了。

三　常州派詞

嘗浙派詞發展至乾嘉兩代的時候，突然遇着一個重大的攻擊，就是產生了一個對牠取敵視態度的常州派。

本來浙派到了郭麐的時期，作者的才氣已遠不如朱厲等大詞人，模擬也不見功夫。不但翻不出什麼新花樣，而且愈趨愈下了。這時便有常州系的詞人張惠言，張琦，周濟等起來糾正浙派的錯誤，他們熱烈的攻擊南宋的姜張，而改宗北宋。張惠言，張琦的詞選與續詞選，其編輯之旨，以『深美閎約』爲主，蓋卽尊北宋的周邦彥，而薄南宋姜張之意。至周濟則明白鄙視姜張，他說：

近人頗知北宋之妙，然終不免有姜張二字，橫亙胸中，豈知姜張在南宋，亦非巨擘乎？論詞之人，叔夏晚出，既與碧山同時，又與夢窗別派，是以過尊白石，但主清空。後人不能細研詞中曲折深淺之故，羣聚而和之，并爲一談，亦固其所也。

常州派的詞宗尚北宋，雖依然未脫模擬藩籬，但不過事雕琢，不專注于綺藻韻致，已經比浙派解放多了。然常州派的幾個領袖詞人，都是學力很深，而才力較短，批評眼光極高，而創作能力稍弱，故其作品，亦未能有超越的成績。

張惠言，字皋文，陽湖人。嘉慶中，以進士官編修卒。（一七六一——一八〇二）著有茗柯詞。

木蘭花慢（楊花）

儘飄零盡了，誰人解，當花看。正風避重簾，雨迴深幕，雲護輕幡。尋他一春伴侶，只斷紅，相識夕陽間。未忍無聲墜地，將低重又飛還。　疏狂情性算淒涼，耐得到春闌。但月地和梅，花天伴雪，合稱清寒。收將十分春恨，做一天，愁影繞雲山。看取青青池畔，淚痕點點凝斑。

又（遊絲）

是春魂一縷，銷不盡，又輕飛。看曲曲回腸，愁儂未了，又待憐伊。東風幾回暗剪，儘纏綿，未忍斷相思。除有沉煙細裊，閑來情緒還知。　家山何處栖遲，春容易，到天涯。但牽得春來，何曾繫住，依舊春歸。殘紅更無消息，便從今，休要上花枝。待祝梁間燕子，銜他深度簾絲。

譚獻稱惠言之作：『胸襟學問，醞釀噴薄而出』謂為學人之詞。不錯，他們這一派的詞家，都是帶着幾分學者氣來寫詞的。

張琦字翰風，惠言之弟。有立山詞。所作頗有思力，然較乃兄則不免略遜一籌。

周濟字保緒，一字介存，晚號止庵，荆溪人。官淮安府教授。有味雋齋詞。論者稱其所作『纏綿婉約』。

垂楊（立冬前七日聞蟬和叔安）

秋懷漸遠，聽倉黃病柳，一聲淒婉。曳入西風，可應還似秋前滿。分明凝絕重低轉，替人說，嫩涼池館。被連番，青女無情，把露華偸剪。　知否吟蛩作緩，便戶下床頭，不成濃煖。漫立高枝，夕陽偏向疏林展。誰留鬢影誰紈扇？但贏得，琴絲題怨。宵來霜月孤行，魂易斷。

屬於張惠言領導之常州派詞人，較爲知名者尙有惲敬，錢季重，黃景仁，左輔，李兆洛，丁履恆，陸繼輅，金應城，金式玉，鄭善長等，皆爲一時作家。其中最負盛名者，則惟黃景仁。

黃景仁字仲則，武進人。貢生，議敍州判，未仕卒。（一七四九——一七八三）年僅三十五歲。他本是當代的名詩人，詞亦雋妙。著有竹眠詞二卷。

點絳唇（春宵）

宿酒初醒，閑情似水和腸軟。細雨三更，簾外春陰捲。一樹梅花，落向閑庭院，無人管。冷風過處，點點春愁綣。

摸魚子（歸鴉）

倚柴門，晚天無際，昏鴉歸影如織。分明小幅倪迂畫，點上米家顛墨。看不得帶一片斜陽，萬古傷心色。暮寒蕭淅，似捲得風來，還兼雨過，催送小樓黑。
曾相識，誰傍朱門貴宅？上林誰更棲息？幾叢枯木驚霜重，我是歸飛倦翮，飛暫歇，却好趁漁船小坐秋帆側。舊巢應憶，笑畫角聲中，暝烟堆裏，多少未歸客！

就詞而論，景仁的詞比張惠言周濟一般人高明多了。

*　*　*　*

當常州派詞盛行之際，最値得我們注意的大詞人有蔣春霖。他字鹿潭，江陰人。曾任兩淮鹽運大使。（一八一八——一八六八）就鄉里說，他本應列入常州派，但就詞風而論，却絕不是常州所牢籠着的詞人，而有點傾向浙派。他是一位富有才氣，能夠不依傍門戶，不受拘束，而自具境地的作家。故嚴格說來，一定要列他爲那一派是很困難的。其所著水雲樓詞，多發抒感慨，描寫極深刻，論者至稱爲「詞史」。

踏莎行（癸丑三月賦）

疊砌苔深，遮窗松密，無人小院纖塵隔。斜陽雙燕欲歸來，卷簾錯放楊花入。

蝶怨香遲，鶯嫌語澀，老紅吹盡春無力。東風一夜轉平蕪，可憐愁滿江南北

木蘭花慢（江行晚過北固山）

泊秦淮雨霽，又鐙火，送歸船。正樹擁雲昏，星垂野闊，暝色浮天。蘆邊，夜朝驟起，暈波心，月影盪江圓。夢醒誰歌楚些，冷冷霜激哀絃。嬋娟，不語對愁眠，往事恨難捐。看莽莽南徐，蒼蒼北固，如此山川。鉤連，更無鐵鎖，任排空，檣櫓自回旋。寂寞魚龍睡穩，傷心付與秋烟！

揚州慢（癸丑十一月二十七日賊趨京口，報官軍收揚州）

野幕巢烏，旗門噪鵲，譙樓吹斷笳聲。過滄桑一霎，又舊日蕪城。怕雙燕，歸來恨晚，斜陽頹閣，不忍重登。但紅橋風雨，梅花開落空營。 刼灰到處，便遺民，見慣都驚。問障扇遮塵，圍棊賭墅，可奈蒼生！月黑流螢何處？西風黯，鬼火星星。更傷心南望，隔江無限峯青。

譚獻稱春霖詞云：『水雲樓詞固淸商變徵之聲，而流別甚正，家數頗大。與成容若項蓮生二百年中分鼎三足。咸豐兵事，天挺此才，爲倚聲家杜老』。又說：『阮亭葆馚一流爲才人之詞，宛鄰止庵一派爲學人之詞，惟三家是詞人之詞，與朱厲同工異曲，其他則旁流羽翼而已。』這兩段話都說得好。有淸一代的詞壇，此數語已完全道着。

四，淸末詞

咸同之際，詞已疲敝墮落，雖有一二名作家，亦無法挽回此頹運。當時較爲知名之詞人，如周之琦有金梁夢月詞，莊棫有蒿庵詞，黃燮淸有倚晴樓詞，陳元鼎有鴛夢樓詞及吹月詞，戈載則著翠薇花館詞至三十九卷之多，均無可取。至于淸末，號稱名詞家如譚獻，王鵬運，况周頤，朱祖謀，鄭文焯，馮煦等，雖對于詞學研究精深，然其陷溺也愈深。他們對於詞的貢獻，只在於校刻詞集和批評古詞兩方面。至於創作，則他們只知道不厭煩地去講究『詞法』和『詞律』，以競模古人爲能事，故結果，他們的詞除了表現一點文字的技巧外，全不能表現一點創造精神，全不能表現作者的個性和情感，只造成一些詞匠。此外，號稱才子的詞人，如易順鼎，程頌萬，樊增祥等，其所作亦不足觀。於是詞便跟清代之衰亡而衰亡了。